AF441663

Adam
La mariée disparue au ranch

CHRIS KENISTON

Indie House Publishing

Indie House Publishing

CHAPITRE PREMIER

Lui tirer une balle entre les deux yeux à ce salaud de tricheur manipulateur n'était pas la meilleure idée qu'elle ait jamais eue. Après tout, le Texas était un État où la peine de mort était appliquée. D'un autre côté, une balle bien placée dans chaque couille pourrait faire l'affaire. Lorena Bobbitt ne s'en était-elle pas tirée sans la moindre égratignure ?

Margaret Colleen O'Brien jeta un coup d'œil à l'horloge du tableau de bord. Elle avait conduit toute la nuit, imaginant les moyens les plus satisfaisants de se venger de Jonathan J. Cox. Jusqu'à présent, lui tirer sur les couilles était la solution numéro un sur sa liste.

Adam Farraday plia son corps fatigué dans le siège conducteur de son pick-up. Les longues nuits comme celle-ci — sans temps pour dormir — étaient de véritables tueuses, mais, quand le destin était de son côté, l'euphorie des matins qui suivaient dépassait tout. Enfin, presque le matin. À six heures trente, le soleil pointait à peine à l'horizon. Il avait juste le temps de retourner en ville pour une douche rapide, changer de vêtements, avaler un autre gallon de café et la dernière part du crumb cake à la cannelle de sa tante Eileen avant son premier rendez-vous de la journée.

Ou pas.

La voiture sur le bord de la route devant lui était élégante, rouge, basse et penchée d'un côté. Quel imbécile conduisait une voiture comme ça dans ce coin perdu du pays au milieu de la nuit ? Il pouvait déjà l'imaginer : un avocat chauve à la retraite, cherchant à retrouver sa jeunesse au volant d'une voiture de sport rouge, rouge comme une cible pour tous les radars. Et, comme si ce n'était pas suffisant, l'idiot avait dû faire ça dans l'ouest du Texas, en plein pays d'élevage.

Adieu la douche et le gâteau. Le temps qu'Adam change le pneu pour cet homme — qui ne savait probablement même pas où trouver la roue de secours — Adam aurait de la chance d'arriver au travail à l'heure. Il quitta la route à deux voies en marmonnant : « Mon Dieu, épargne-moi des stupides citadins. »

Se garant à quelques mètres derrière la voiture de sport en panne, il n'avait même pas encore coupé le moteur quand la portière côté conducteur rouge pompier s'ouvrit. Et un ange en blanc en sortit.

Il cligna des yeux deux fois, décidant qu'il n'hallucinait pas. La vision devant lui n'était assurément pas un avocat chauve souffrant d'une crise de la quarantaine. Une magnifique rousse dans une robe fluide se tenait raide, agrippée au bord de la portière.

Descendant de la cabine de son camion, il avança dans sa direction. Elle offrit un sourire hésitant, et il remarqua que sa prise sur la portière se resserrait. Du haut de son mètre quatre-vingt-treize, à l'aube, sur une route déserte de campagne, il pouvait probablement terrifier n'importe qui, même un ange. Sauf que cet ange n'avait pas d'ailes. Elle était femme jusqu'au bout des ongles.

Plus il s'approchait, plus il pouvait distinguer ses traits. Des yeux d'un bleu si profond et lumineux qu'il pouvait en discerner la nuance même dans la faible lumière du matin. Ses cheveux, coupés juste au-dessus des épaules, brillaient de reflets naturels dorés par le soleil. Un autre pas et il la vit encore plus clairement. Son ange n'était pas juste une femme. C'était une mariée.

Ce qui restait d'un voile pendait légèrement de travers et, d'après les traces de mascara foncé sur ses joues, il ne s'attendait pas à trouver un marié dans les parages.

— On dirait que vous avez un petit problème.

Ses sourcils se haussèrent, et ces yeux bleu vif prirent une teinte grise orageuse.

— Sans blague.

Il envisagea de s'excuser, bien qu'il ne sût pas exactement pourquoi, mais choisit d'ignorer l'attitude et de s'occuper simplement de la voiture. Plus vite elle serait en route, plus vite il pourrait prendre cette douche dont il avait désespérément besoin.

— Avez-vous une roue de secours ?

— Dans le coffre.

Il se dirigea vers l'avant de la voiture à moteur central, tandis que la belle créature à la langue incendiaire saisit la clé électronique à l'intérieur du véhicule et ouvrit le coffre. Il ne lui fallut que trente secondes pour déplacer les quelques affaires à l'intérieur, y compris le seul sac qu'elle avait, sortir la roue de secours, la faire rebondir sur le sol et repérer les ennuis.

— Désolé, madame, mais quand avez-vous vérifié la pression de ce pneu pour la dernière fois ?

Les mêmes sourcils qui avaient atteint la racine de ses cheveux quelques minutes auparavant formèrent un V acéré ; puis elle poussa un long soupir.

— Ce n'est pas ma voiture.

Très bien… Une mariée revêche dans une voiture volée. Une voiture volée en panne. Quelle façon de commencer ce qui allait clairement être une très longue journée. Il retira son chapeau, le frappa contre sa cuisse et prit une longue et profonde inspiration.

— C'est la sienne, dit-elle d'une petite voix. Plus si féroce maintenant. Un voile de larmes se forma dans ses yeux, juste avant qu'elle ne cligne des yeux pour les refouler et ne se redresse à nouveau. À nouveau sous contrôle.

— C'est un chien.

Adam la détailla des pieds à la tête, s'arrêtant brièvement sur son décolleté bien mis en valeur, avant de reposer son attention sur son visage.

— Au moins, il a bon goût.

La brève lueur de colère qui avait brillé quand il la lorgnait glissa derrière une expression de totale confusion.

— Pardon ?

— Il a bon goût en matière de, euh, voitures.

— Le chien ?

— Si vous le dites. Bien que, pour sa part, quiconque laissait filer une beauté pareille devait probablement être un idiot lui aussi.

— Je peux vous emmener en ville, prendre la roue de secours. Ned réparera le pneu et vous ramènera ici.

Elle secoua la tête.

— J'attends qu'il fasse jour. Je dois le trouver.

Adam jeta un rapide coup d'œil autour d'eux. À perte de vue, il n'y avait que des kilomètres de terre de l'ouest du Texas.

— Qui ?

— Le chien ! claqua-t-elle. Je dois le trouver. Ou elle.

Ou elle ?

— Madame, la nuit a été longue. J'ai désespérément besoin de caféine, et j'ai une journée complète devant moi. De quoi parlez-vous exactement ?

— Le chien. Elle agita le bras vers le paysage environnant.

— Il — ou elle — est sorti de nulle part et a juste couru devant moi. C'est à ce moment-là que j'ai fait une embardée, crevé un pneu et atterri sur le bas-côté de cette route abandonnée de Dieu. J'ai dû heurter ou écraser quelque cho… Oh, mon Dieu.

Elle s'appuya contre la voiture.

— Vous ne pensez pas que je l'ai heurté, n'est-ce pas ? Je veux dire, je le saurais, non ?

Il n'eut pas le temps de formuler une réponse, car sa vision en blanc s'était brusquement écartée de la voiture et avait bondi à la recherche d'un chien. Si le chien de quelqu'un s'était aventuré aussi loin de chez lui et qu'elle l'avait percuté, provoquant sa sortie de route, l'animal pourrait être recroquevillé derrière un rocher, léchant ses blessures et mourant lentement de blessures internes. Merde. Le cycle de la vie.

— Attendez ! appela-t-il.

Son ange en blanc avait déjà remonté sa robe et jeté les couches de tissu sur un bras. Pour tout le bien que cela lui faisait — des talons de dix centimètres n'étant pas des chaussures de randonnée acceptables. Au moins, l'argile sèche du Texas était dure comme de la pierre, sinon la dame se serait enfoncée à chaque pas, comme un tee de golf. Son seul risque potentiel serait de se briser une cheville.

Il tendit la main vers son bras pour la maintenir immobile.

— Quel genre de chien cherchons-nous ?

— Je ne sais pas. Elle balaya les environs du regard.

— Pas petit. Peut-être de taille moyenne ou un peu plus grand… Une queue bien touffue. Vous savez, pas une queue fine comme un Labrador. Un pelage sombre. Enfin, je crois. Je ne sais pas.

Les larmes s'accumulèrent à nouveau dans ses yeux, et elle s'essuya les joues de sa main nue.

— Vous savez quoi ? Adam sortit un mouchoir de sa poche poitrine et le lui tendit.

— À mon avis, vous avez peut-être vu un coyote.

En un instant, son expression bascula vers une légère alarme.

— Un coyote ?

Il réprima un sourire.

— Il y en a plein dans le coin, et s'il s'agit de ça, il est probablement déjà loin et se porte très bien. Mais…

Il leva la main pour l'empêcher de protester.

— Juste au cas où, vous allez vous asseoir dans mon camion — avant de vous briser le cou à piétiner partout avec ces chaussures — pendant que je balaie rapidement la zone pour m'assurer qu'il n'y a pas de chien blessé.

La vision en blanc ouvrit la bouche, sans doute pour argumenter, mais elle n'en eut pas le temps. Ne voulant pas avoir à gérer un chien blessé et une femme avec une cheville cassée, Adam la souleva dans ses bras comme un marié s'apprêtant à porter sa femme par-dessus le seuil ou, dans ce cas, pour la déposer en sécurité dans son camion.

Il dissimula le sourire qui menaçait de naître à son cri

de surprise — puis réprima le flot de paroles qui lui vint à l'esprit alors qu'elle lui martelait l'épaule à coups répétés.

— Posez-moi ! cria-t-elle.

— Dans une seconde.

— Pour l'amour du ciel, je sais marcher ! Ses jambes s'agitant désormais comme des ciseaux en folie, elle le frappa de nouveau, puis se dégagea et hurla assez fort pour être entendue par tout être vivant d'ici jusqu'à El Paso.

— J'ai dit, posez-moi !

Pour l'empêcher de s'acharner sur lui, il la jeta sur son épaule, ouvrit brusquement la portière du camion et, aussi doucement que possible avec cinquante kilos de femme frétillante, la déposa sur le siège.

— Je vais chercher mon sac et aller chercher notre coyote. Vous, restez là.

Épuisé, il était ce que sa tante Eileen appellerait un mort-vivant trop bête pour tomber, mais si cette drôle de mariée avait raison et qu'un chien blessé se trouvait quelque part, il devait le trouver.

À sa grande surprise, sa mariée, d'ordinaire très loquace, resta silencieuse alors qu'il ouvrait la porte arrière de la cabine double pour en sortir un stéthoscope.

— Là-bas ! Elle agita un bras et bondit hors du camion.

— Oh, il boite.

— Halte. Adam tendit le bras et l'attrapa avant qu'elle ne s'enfuie et ne se rompe le cou en courant après on ne sait quoi.

— J'y vais. Vous, ne bougez pas.

Au loin, il vit une ombre se déplaçant lentement. Trop gros pour un coyote. Merde. Elle avait raison. D'une manière ou d'une autre, un chien s'était retrouvé ici, au milieu de nulle part. Adam s'accroupit et siffla doucement, puis appela :

— Ici, mon beau.

Le chien leva la tête et, si Adam ne s'était pas raisonné, il aurait juré que l'animal lui adressait un signe de tête avant de se détourner et de s'éloigner.

— Oh, il s'en va ! De nouveau, elle fit un pas en avant, manifestement prête à piquer un sprint après le chien. Et une fois de plus, il dut tendre la main pour la faire pivoter.

— Vraiment, mademoiselle, voulez-vous bien me laisser aller après lui ?

Elle se tourna brusquement dans la direction du chien.

— Mais il est…

Ses mots s'éteignirent et Adam suivit son regard. Le chien avait disparu. Le rocher le plus proche où il aurait pu se cacher était trop éloigné. Impossible qu'il ait fait tout ce chemin dans les quelques secondes qu'il leur avait fallu pour se retourner et regarder à nouveau.

— Restez ici. S'il vous plaît, répéta-t-il.

Les lèvres serrées, elle hocha la tête, puis murmura doucement :

— Dépêchez-vous, je vous en prie.

Le soleil montait plus haut dans le ciel, jetant une lumière chaude sur la terre aride du Texas. Plus encore que le chien, Adam cherchait quelque chose qui aurait pu servir d'abri à l'animal. Mais il n'y avait pas la moindre chose assez grande pour cacher un animal de la taille de celui qu'il avait vu quelques instants plus tôt. Il atteignit l'endroit où il avait aperçu le chien. Aucune empreinte de pattes. Aucune trace. Il ne l'avait pas imaginé. Ils avaient tous les deux vu l'animal. Il devait bien être quelque part, non ?

Quelques pas plus loin, Adam s'arrêta pour regarder en arrière. Il ne pouvait plus distinguer l'expression sur le visage de la mariée, mais il sentait l'intensité avec laquelle elle l'observait, lui et la terre stérile qui l'entourait. Probablement plaquée le jour de son mariage, certainement coincée au beau milieu de l'ouest du Texas, en plein pays d'élevage, et pourtant sa seule préoccupation était pour un chien blessé. Il allait devoir se montrer un peu plus clément envers cette citadine. Même si elle tenait absolument à piétiner partout en talons de dix centimètres et en robe de mariée.

Scrutant le terrain désert autour de lui, Adam lâcha une série de sifflets courts et répétitifs, puis attendit. Rien. Aucun signe de créature à quatre pattes.

— Bon, mon grand. Comment diable t'es-tu retrouvé ici ? Et où diable as-tu bien pu filer maintenant ?

CHAPITRE DEUX

Bon, et maintenant ? Meg se tenait dans la petite salle de bain exiguë à l'arrière du garage. Compte tenu du temps qu'elle avait convoité la précieuse robe de mariée Vera Wang qui gisait en tas sur le sol sale, elle se demanda à quel point il serait dangereux d'y mettre le feu et de regarder la robe coûteuse partir en flammes comme le reste de sa vie. Elle n'avait pas voulu du mariage extravagant et démesuré sur lequel sa mère et Jonathan s'étaient mis d'accord, mais elle avait tellement aimé la robe.

Ned, le mécanicien filiforme et âgé — qui, elle l'aurait juré, était là depuis le Model T — l'appela.

— Ça va, mademoiselle ?

Est-ce qu'elle allait bien ? L'homme à qui elle avait confié son cœur et son âme — et son compte bancaire — était un menteur et un tricheur. Chaque fois que son esprit revenait au moment où elle se tenait à la pompe à essence et voyait sa carte de crédit refusée — pour ensuite appeler et découvrir que leur spectaculaire lune de miel européenne de première classe avait été achetée et payée avec sa carte Visa désormais au maximum — elle se rappelait pourquoi lui exploser les parties était une solution si satisfaisante.

— Mademoiselle ? Si je dois aller voir votre voiture tape-à-l'œil, il faut que j'y aille maintenant.

Elle baissa les yeux rapidement vers le t-shirt en coton et le pantacourt qu'elle portait et espéra qu'ils n'avaient pas trop l'air de ce qu'ils étaient — quelque chose qu'elle avait porté hier avant de se changer pour sa robe. Fourrant rapidement la robe dans la poubelle, elle attrapa la poignée de porte et la tira pour l'ouvrir.

— Je suis prête. Allons-y.

L'intérieur de la dépanneuse n'était pas en meilleur état que la salle de bain où elle s'était changée. Ignorant les sièges maintenus par du ruban adhésif et évitant les taches de graisse éparpillées, Meg se glissa dans la cabine.

— Vous avez de la chance que Doc Adam ait été au ranch Thomas. Si vous voulez mon avis, le vieux Jake s'occupe mieux de ses chevaux primés que de sa propre famille. Oui, madame, vous avez de la chance que le doc ait été là pour la naissance d'un de ces poulains, sinon vous auriez pu rester assise sur cette route solitaire pendant des heures, peut-être des jours.

Meg hocha la tête. Elle n'avait pas dit grand-chose depuis le moment où elle avait été déposée au garage, changée de future mariée en femme célibataire et était montée dans ce camion avec un personnage tout droit sorti du Mayberry fictif d'Andy Griffith. Elle n'en avait pas eu besoin. Ned, le mécanicien gériatrique, dont Adam lui avait assuré qu'il pouvait réparer n'importe quoi avec un moteur, avait fait la plupart de la conversation.

Même lorsqu'il posait une question, il ne lui laissait pas le temps de répondre avant de poursuivre sa conversation. Et c'était une bonne chose aussi. En ce moment, elle avait besoin de ses propres réponses.

L'horloge analogique sur le tableau de bord lui indiquait qu'il était déjà huit heures. Il avait fallu près de quarante minutes pour arriver en ville depuis l'endroit où la voiture était tombée en panne. Encore quelques minutes pour que le mécanicien et le vétérinaire fassent leur routine de bon matin campagnard pendant qu'elle retirait sa robe de mariée. Maintenant, scrutant l'horizon poussiéreux à la recherche de cette stupide voiture, elle se demandait comment diable réparer le désordre qu'était devenu son monde.

Une chose dont elle était sûre. Elle ne pouvait pas faire demi-tour. Pas à Dallas. Cette décision avait été prise quelque part à l'ouest de Fort Worth, à peu près au moment où elle avait déconnecté le GPS, jeté son téléphone portable par la fenêtre et roulé dessus. Deux fois.

— De bonne race, ces Farraday. La voix de Ned parvint jusqu'à elle à travers ses pensées. — Six garçons. Et on ne fait guère plus jolie que leur sœur, Grace.

Meg cligna des yeux. Elle n'avait aucune idée de ce dont l'homme parlait.

— Dommage pour Helen. C'était une bonne femme. Elle serait très fière de sa petite fille.

Son esprit se démena pour suivre le fil de la conversation. Farraday ? N'était-ce pas le nom de famille du vétérinaire cow-boy ? Oui, Adam Farraday. Une fois qu'ils avaient renoncé à chercher le chien disparu, ils avaient échangé leurs noms. Il avait à peine fini de lui assurer que le mécanicien local était plus que qualifié pour régler son problème de voiture quand elle s'était endormie sur le trajet vers la ville.

— Nous y voilà. Ned descendit de la dépanneuse et s'approcha de la voiture, ressemblant plus à un homme qui avait passé sa vie à cheval qu'à quelqu'un tenant une clé à douille. — On va réparer ce pneu d'abord. Ensuite, je regarderai sous le capot.

Meg appuya sur la clé électronique pour ouvrir le coffre. N'ayant rien à faire d'autre qu'attendre, elle regarda autour d'elle à la lumière du jour. La vue n'était pas beaucoup meilleure qu'elle ne l'avait été la nuit. La seule chose que ses yeux pouvaient voir était de la terre, de la poussière, et encore de la terre. Était-il possible que tout à l'horizon soit jaune paille ? Il devrait sûrement y avoir un peu de couleur quelque part. Un arbuste vert, une vache marron, un cheval peint. Quelque chose ?

Et où était passé ce chien ? Dans ses mocassins Anne Klein préférés, elle envisagea de marcher jusqu'au groupe de gros rochers le plus proche pour chercher à nouveau un signe de l'animal blessé, mais écarta cette pensée. S'il avait été à proximité, ils l'auraient trouvé plus tôt ce matin. Mais elle se demandait toujours.

— J'espère que vous n'êtes pas pressée. Ned s'essuya les mains sur un chiffon et claqua le capot de la voiture.

— Qu'est-ce qui ne va pas ?

— Vous avez fait plus que crever un pneu. Cette flaque

d'eau en dessous ? Vous avez probablement heurté un rocher parce que votre radiateur fuit. Je vais devoir la mettre sur un pont pour m'assurer qu'il n'y a pas d'autres problèmes avec la tringlerie de la roue.

Même en ne s'y connaissant absolument rien en voitures, vu la chance qu'elle avait, elle était prête à parier que rien de tout cela ne serait bon marché à réparer.

— Combien cela va-t-il coûter ?

Ned ferma un œil et leva les yeux. À chaque seconde qui s'écoulait, ses nerfs à vif faisaient monter d'un cran l'envie de tirer sur quelqu'un.

— Comme j'ai dit, je ne saurai pas exactement avant d'avoir bien regardé sous son ventre, mais les pièces ne seront pas données. Si un radiateur ordinaire coûte environ 300 dollars, un pour ce bébé étranger va probablement vous coûter au moins 1 200 dollars, peut-être plus, et ce n'est que pour les pièces.

Douze cents ? Autant dire douze mille. Coincée au milieu de nulle part sans argent, sans travail, sans voiture et sans vie. Maudit sois-tu, Jonathan Cox.

— On dirait que le chat t'a traîné ici. Becky Wilson mesurait un mètre soixante-cinq et était assez légère pour qu'Adam la soulève d'un bras. Bien que douze ans plus jeune que lui, avec de longs cheveux blonds et une frange qui la faisait paraître encore plus jeune, elle dirigeait la clinique animale d'Adam avec la même main de fer que sa grand-mère l'avait dirigée pour Doc Simmons avant lui. Personne n'aurait osé la contredire.

— Bonjour à toi aussi. Après avoir passé presque une heure avec la belle au bois dormant, et n'ayant pas eu le temps de se doucher après avoir passé la nuit au ranch Thomas, sa réplique laconique était le mieux qu'il puisse faire.

Cent ans plus tôt, l'incarnation originale de cette ancienne ferme était le ranch le plus proche de la ville.

Cinquante ans plus tôt, les limites de la ville s'étaient étendues jusqu'à son seuil, et, plutôt que de la voir démolie, Doc Simmons l'avait achetée. Célibataire à l'époque, il avait réaménagé le deuxième étage en logement et converti le rez-de-chaussée en clinique vétérinaire. L'ancienne grange fut conservée pour le centre des grands animaux. Depuis qu'il avait acheté l'endroit à Doc Simmons, Adam avait embauché un technicien équin spécialisé et une réceptionniste en plus du technicien principal de la clinique existant et du responsable de bureau. Il était très fier de sa réputation et de la croissance de la clinique.

L'aile principale n'était pas très grande, mais, les matins comme celui-ci, le chemin vers le bureau d'Adam semblait interminable. Son premier rendez-vous était prévu dans quelques minutes — un golden retriever pour un bilan annuel. Si Adam se dépêchait, il aurait juste le temps de prendre une tasse de café rapide et quelques-uns des craquelins au fromage cachés dans le tiroir de son bureau.

Au coin du couloir, il s'arrêta brusquement. Une tasse de café noir chaud et un morceau du crumb cake de sa tante Eileen étaient sur son bureau. De la vapeur s'échappait de la tasse sombre, et il s'émerveilla pour la énième fois du sens du timing remarquable de Becky.

Sa première gorgée de la boisson chaude l'aida grandement à se sentir à nouveau humain. Après une bouchée du savoureux crumb cake, il était prêt à se mettre à genoux et à embrasser les pieds de Becky.

— J'ai versé le café quand je t'ai entendu arriver sur le parking. Son timing impeccable non démenti, Becky se tenait dans l'encadrement de sa porte, les bras croisés, un sourire de chat de Cheshire sur le visage.

— Merci.

Il prit une autre longue gorgée.

— Veux-tu m'épouser ?

— Ce serait sous de faux prétextes. J'aimerais bien m'attribuer le mérite du gâteau, mais ta tante l'a déposé en passant pour aller au Silver Spurs. De plus, Sally May ne me pardonnerait jamais.

Sally May Henderson avait près de soixante ans, et

chaque fois qu'elle amenait son berger allemand, Rabb, à la clinique, elle taquinait Adam sans pitié sur le fait qu'il était trop beau et qu'elle était trop petite, trop vieille ou trop mariée. Elle plaisantait de cette façon avec tous les frères Farraday.

— J'ai entendu dire que tu avais pris une passagère ce matin. Becky décroisa les bras et entra dans son bureau.

Mangeant la dernière bouchée de gâteau, il haussa un sourcil interrogateur.

— Hé, à sept heures du matin, le centre-ville de Tuckers Bluff est une métropole florissante.

Becky haussa les épaules.

— Métropole florissante ?

— D'accord, ma grand-mère t'a vu rouler sur Main Street et a appelé.

— La dame avait un pneu crevé sur la vieille route de la ferme. Elle pensait avoir heurté un chien.

Les yeux de Becky s'arrondirent d'inquiétude alors qu'elle regardait par-dessus son épaule et par la fenêtre.

— Où est-il ?

— Bonne question. Une minute il boitait en s'éloignant, et la minute d'après il avait disparu.

— Zut. Est-ce qu'il est encore dans ton camion ?

N'ayant pas encore assez de caféine dans son système, il fallut quelques instants à Adam pour traiter la question.

— Non, pas mort. Disparu comme s'il s'était volatilisé.

— As-tu bu de l'alcool de contrebande du vieux Thomas ?

La question demandait une défense indignée, mais il était trop fatigué pour même se donner la peine de lever les yeux au ciel. Au lieu de cela, il les ferma, pinça l'arête de son nez et murmura dans un soupir lourd.

— Non.

Becky l'étudia avec des yeux plus sages que ses jeunes années ne le laissaient supposer.

— Tu veux que j'appelle D.J. pour voir s'il peut envoyer quelqu'un le chercher ?

Adam secoua la tête. Si le chien avait été là à trouver, il l'aurait trouvé. Et de plus, il devrait appeler son frère le chef de la police pour une autre affaire. Une voiture de sport rouge, peut-être volée, très chère.

— Avons-nous les résultats de laboratoire pour le chat de Mme Quinn ?

— Pas encore.

La sonnette de la porte retentit, annonçant l'arrivée de leur premier patient. Avec la synchronisation d'une routine bien rodée, Becky se précipita à son poste tandis qu'Adam s'éloignait de son bureau, préparé pour la longue journée qui l'attendait. Si, à la fin de la journée, il n'était pas prêt à s'écrouler au moindre coup de vent, peut-être qu'il retournerait chercher le chien. Juste au cas où.

— Je vois tes cinq jetons et j'en rajoute dix de plus. Sally May Henderson lança trois jetons rouges sur le tas au milieu de la table.

Eileen Callahan abattit ses cartes face cachée à côté d'elle.

— Je me retire.

Dorothy Wilson, grand-mère de Becky Wilson de la clinique vétérinaire, lança un jeton bleu et un rouge.

— Je suis.

— Trop cher pour moi, ajouta Nora Brown.

Portant un énorme plateau sur son épaule gauche, Abbie Kane ralentit près de la table de poker du samedi matin.

— Vous voulez un autre verre, mesdames ?

Un chœur de « Ça va pour moi » retentit, sauf Eileen, qui pointa son menton vers son verre presque vide.

— Je prendrai un autre thé. Merci.

— Un thé sucré, tout de suite. Les mots avaient à peine quitté les lèvres d'Abbie que toutes les têtes du Silver Spurs Café se tournèrent vers l'avant dix secondes complètes avant que la cloche à l'ancienne n'annonce le dernier client. Et pas n'importe quel client ordinaire. La femme qu'Adam Farraday avait conduite en ville à l'aube.

— Elle n'a pas l'air d'une prostituée. Sally May serra

ses cartes contre sa poitrine et haussa les épaules.

— Chut, chuchotèrent trois voix, mais c'est le coude d'Eileen qui frappa Sally May dans les côtes. Les lèvres serrées, Eileen lança un regard perçant à son amie de près de trente ans.

— N'ai-je pas entendu dire qu'Adam l'avait déposée chez Ned ? Nora Brown, la plus jeune du club social de l'après-midi des dames de Tuckers Bluff et infirmière autorisée au cabinet médical du neveu d'Eileen, Brooks, se pencha plus près.

— Oui.

Eileen hocha la tête.

— Alors il est logique que sa voiture soit tombée en panne, et qu'Adam ait fait ce que tout bon voisin aurait fait et l'ait ramenée en ville.

Dorothy Wilson plia ses cartes dans ses mains.

— Et où voulez-vous en venir ?

— Pourquoi quelqu'un suggérerait-il, même en plaisantant, que la femme était — vous savez — une professionnelle ? Je veux dire, sérieusement, à quel point faut-il être aveugle pour penser que l'un des hommes Farraday doit payer pour avoir de la compagnie ?

— Merci. Un sourire satisfait s'installa sur le visage d'Eileen. Elle avait emménagé avec son beau-frère peu après le décès de sa sœur Helen, qui avait donné naissance à leur unique fille, Grace. Une mère ourse ne pouvait pas être plus protectrice de ses petits qu'Eileen ne l'était de son clan.

— Maintenant, ne t'énerve pas. Sally May étala ses cartes sur la table — deux paires, as hauts.

— Tu sais que je ne faisais que me moquer du commentaire de Burt Larson, qui disait qu'elle était assez jolie pour être une de ces dames de la nuit très chères. Nous savons tous — même si tes garçons n'étaient pas assez beaux pour faire tomber la culotte d'une nonne — qu'ils ont été élevés mieux que de chercher ce genre de compagnie.

— Burt devrait s'en tenir à vendre des marteaux et garder ses pensées pour lui. Dorothy Wilson laissa apparaître un sourire aussi large que Main Street.

— Et en parlant de dames. Posant trois reines face

visible, elle tendit la main et ramassa la cagnotte vers elle.

Nora rassembla les cartes et les mélangea.

— À t'entendre sourire, Dorothy, on dirait qu'on joue avec de l'argent réel.

Sally fit tournoyer un jeton entre ses doigts, son regard fixé sur la jolie femme assise dans un box de l'autre côté du café.

— Je vois ce que Burt voulait dire.

Nora plissa les yeux pour mieux voir de l'autre côté de la pièce ; Eileen leva les yeux au ciel, et Dorothy demanda :

— Comment le saurais-tu ?

Sally coupa le paquet pour Nora.

— Pas la partie fille de joie. La partie très chère. Ses épaules sont si droites qu'on dirait qu'elle est contre une planche. Je parie que, si vous mettez un livre sur sa tête, il ne tomberait pas quand elle marche. Et ces vêtements ressemblent plus à Neiman qu'à Walmart.

Cette fois, Eileen tourna la tête pour regarder.

— Elle porte un pantalon et une chemise. Qu'est-ce qui n'est pas Walmart là-dedans ?

Alors que Nora distribuait, tout le monde jeta un jeton blanc sur la table.

— Tu vis avec des hommes en jeans depuis trop longtemps. Ce n'est pas juste une chemise. Elle est boutonnée, ajustée et repassée. Son pantalon aussi. Je n'ai pas vu ses chaussures, mais je ne serais pas surprise qu'elles soient en cuir et d'une bonne marque.

Dorothy examina sa main.

— Et tout ça a de l'importance pourquoi ?

— Ça n'en a pas.

Eileen sépara ses cartes, en jeta deux et attendit que Nora lui donne ses remplacements.

— Sally May est juste contente d'avoir quelque chose de nouveau à raconter à part l'opération des oignons de Ruth Ann.

— Peut-être. Sally retira son attention de la jolie rousse et la ramena à ses propres cartes.

— Et peut-être pas.

— Quand même — Dorothy tria ses cartes — ça laisse

songeur. Qu'est-ce qui amènerait une jolie citadine comme ça dans cette partie du pays au milieu de la nuit ?

CHAPITRE TROIS

Fixant le menu devant elle, Meg n'avait pas besoin de regarder autour d'elle pour savoir que tous les yeux de l'établissement étaient encore braqués sur elle. Elle pouvait sentir les regards curieux rebondir sur son dos. Pas surprenant pour une petite ville, mais sacrément inconfortable néanmoins.

— Ne les laissez pas vous déranger. La serveuse se tenait à côté d'elle, bloc-notes en main.

— Pardon ?

— Les étrangers ne passent pas souvent par ici. C'est comme un carambolage sur l'autoroute. Ils ne peuvent pas s'empêcher de regarder.

Meg laissa échapper un petit rire.

— On m'a appelée de bien des façons, mais jamais un accident de la route.

— Sans vouloir vous offenser. Alors, vous avez décidé ce que vous voulez ?

Une nouvelle vie. Mais avec seulement 22,84 dollars dans son portefeuille, Meg poussa un grand soupir de frustration. À cet instant précis, un bol apaisant de la bisque de crabe du chef André lui aurait fait le plus grand bien.

— Juste un café, s'il vous plaît.

Abbie, selon son badge, haussa un unique sourcil scrutateur avant d'acquiescer.

— Une tasse de café, c'est parti.

Ce que Meg ne donnerait pas pour récupérer sa berline raisonnable et sa vie ennuyeuse d'autrefois. Quelle idiote elle avait été. Comme une avalanche, elle était tombée follement et rapidement amoureuse du beau visage et des manières charmantes de Jonathan. Avec une bague en diamant d'exception au doigt et le bonheur conjugal au coin de la rue, elle avait entremêlé leurs comptes bancaires et leurs cartes de crédit. Et, comme si cela n'était pas assez stupide, si ravie d'avoir quelqu'un d'autre pour s'occuper des tâches quotidiennes ennuyeuses comme les finances et le paiement des factures, elle avait volontiers confié le travail à Jonathan sans même regarder par-dessus son épaule. Stupide, stupide, stupide. Quand était-elle devenue si foutument crédule ? Celui qui a dit que l'amour est aveugle ne plaisantait pas.

— Ne soyez pas si dure avec vous-même. Abbie déposa une tasse de café et un muffin aux myrtilles devant elle. — Le muffin est offert par la maison. Et voici une autre serviette.

Meg suivit le regard d'Abbie vers ses propres mains et la serviette en papier qu'elle avait anxieusement tournée et réduite en lambeaux.

— Vous avez de l'expérience en salle ?

— Pardon ?

— Ma serveuse du matin vient juste d'être mise à l'alitement pour le reste de sa grossesse. Si vous vous en sortez, il y a un tablier sur un crochet dans la cuisine. Vous pouvez commencer dès que vous aurez fini ce café. Elle offrit un demi-sourire, ses yeux pétillant d'amusement. — Même si vous n'êtes pas une pro, vous pouvez quand même remplacer Donna. Les gens du coin peuvent pardonner presque tout à une jolie fille.

— Je…

— Réfléchissez-y pendant que vous faites un sort à ce muffin.

Avant que Meg ne puisse formuler une pensée, sans parler d'une réponse, la femme – qui était clairement plus qu'une simple employée – s'était déplacée vers la table où quatre femmes jouaient aux cartes.

Meg pouvait-elle faire ce travail ? Le fait de manger régulièrement au restaurant la qualifiait-elle automatiquement pour servir aux tables ? Son poste à l'hôtel n'incluait pas la supervision du restaurant. Oh, pour l'amour du ciel, comment cela pourrait-il être difficile ?

Prendre une commande. La donner au chef – ou au cuisinier. La rapporter à la table. N'importe quel idiot pourrait le faire. Et elle n'était pas une idiote. Normalement.

Elle avait besoin d'un endroit pour faire profil bas, démêler la réalité de ce qu'était devenu son monde et mesurer l'ampleur des ennuis dans lesquels sa confiance en Jonathan l'avait plongée. Et puis il y avait son père. Pour l'instant, il valait mieux que même lui ne sache pas où elle se trouvait. De plus, sans voiture, elle n'irait nulle part ailleurs de sitôt. Si seulement elle n'avait pas laissé la bague dans le coffre de l'hôtel plutôt que de la porter pour la cérémonie, elle aurait pu l'utiliser comme garantie pour le nouveau radiateur. Servir aux tables pourrait au moins payer un endroit où séjourner jusqu'à ce qu'elle puisse se permettre les réparations.

Un minuscule marteau frappait un rythme sourd entre ses tempes. Quel autre choix avait-elle ?

Jonglant avec le téléphone sur son épaule, Adam griffonna le nom sur un bloc de brouillon devant lui.

— Margaret Colleen O'Brien. Tu es sûr ?

— La ville ne me paie pas pour me tromper sur quelque chose d'aussi simple que de passer une plaque au fichier. Une nouvelle Ferrari 458 Italia avec une plaque personnalisée IM HIS est enregistrée au nom de Mme O'Brien de Dallas. Maintenant, tu vas me dire de quoi il s'agit ?

S'adossant dans son fauteuil, Adam posa ses pieds sur le bureau en espérant que sa posture détendue se reflèterait dans sa voix.

— Je te l'ai dit. Une étrangère est tombée en panne à l'extérieur de la ville. J'ai pensé que la voiture pourrait être volée. Je ne voulais pas que Ned se retrouve dans une situation qui le dépasse.

— Bien sûr. Ned.

Adam pouvait voir les rouages tourner dans la tête de

son petit frère. Enfin, plus si petit que ça maintenant. Tous les Farraday étaient taillés dans le même bois. Mesurant également un mètre quatre-vingt-treize, D.J. n'était pas très différent d'Adam.

— Dis-moi, continua son frère, est-ce que cette Margaret Colleen O'Brien a quelque chose à voir avec la Meg O'Brien qu'Abbie vient d'embaucher au Silver Spurs ?

— Quoi ? Ses pieds bottés tombèrent de leur perchoir avec un fort bruit sourd.

— Abbie vient d'embaucher une certaine Meg O'Brien pour remplacer Donna pendant son repos forcé.

— Tu es sûr ?

— Si tu continues à me demander ça, je ne serai pas aussi gentil la prochaine fois que tu auras besoin d'une faveur.

— Laisse tomber. J'entends mon prochain patient.

Ne voulant pas savoir ce que D.J. allait dire ensuite, Adam laissa tomber le téléphone sur son support et jeta un coup d'œil par la fenêtre vers le café de l'autre côté de la rue. Quelle était l'histoire de son ange en blanc ? Pourquoi avait-elle menti en disant que la voiture n'était pas la sienne ? Et que diable faisait-elle en travaillant au Silver Spurs ?

— Mme Peabody a appelé. Elle annule son rendez-vous d'une heure pour voir pourquoi Sadie ne mange plus. Et je cite : « Cette petite dévergondée vient de nous sortir deux chatons sur mon pull préféré. » Becky rit, puis ravala son sourire. — On ferme les portes et on prend une vraie pause déjeuner ? J'ai entendu dire qu'Abbie a engagé une remplaçante pour Donna. Je meurs d'envie de trouver une minute pour aller voir à quoi elle ressemble. Si j'y vais seule, Grand-mère va m'embarquer dans leur partie de poker hebdomadaire.

Adam se leva de son bureau.

— Le chat calico a déjà été récupéré ?

Becky acquiesça.

— Il y a une heure. Shadow, le Labrador noir, relevait la tête. Pat le surveille. Personne n'est attendu avant une heure et demie. Et on sera juste en face si une urgence se présente.

— Dans ce cas – il prit son chapeau sur le crochet et le lui inclina – me feriez-vous l'honneur, Mademoiselle Wilson, de m'accompagner pour déjeuner ?

— Mais bien sûr, cher monsieur – elle battit des cils – j'en serais ravie.

Normalement, Adam ne prenait pas de pause déjeuner. S'il mangeait, c'était en triant des documents à son bureau ou en courant entre les patients. Les jours où il faisait des visites dans les fermes et les ranchs pour les plus gros animaux, un sac de chips remplaçait souvent le déjeuner. Lors d'une matinée typique à la clinique, il avait quelques patients programmés. Un chat à stériliser. Une visite de routine pour le chien de famille. Un lapin de compagnie léthargique qui, comme le chat de Mme Peabody, s'avérait ne pas être malade du tout, mais en gestation. Mais c'étaient les surprises et les chirurgies d'urgence qui le maintenaient en mouvement constant, et souvent le faisaient travailler tard. Le chien renversé par une voiture en protégeant son petit maître. Ou celui qui avait avalé du verre brisé ou un os de poulet.

S'ajoutaient au chaos ses interventions d'urgence dans les ranchs voisins. La jument de prix en difficulté pendant la mise bas. Ou une vache qui s'était emmêlée d'une manière ou d'une autre dans la clôture barbelée. À part le fait d'avoir trouvé une mariée en fuite en panne sur une route presque déserte, aujourd'hui avait été la journée la plus tranquille depuis bien longtemps.

S'arrêtant à la réception, il tapota légèrement sa bague d'université sur le comptoir. Kelly, sa réceptionniste, leva les yeux de la pile de papiers devant elle.

— Becky et moi allons déjeuner en face. Pat s'occupe de tout à l'arrière. Tu veux te joindre à nous ? C'est moi qui invite.

Les yeux de Kelly allèrent de la fenêtre d'entrée aux piles de papiers et inversement.

— Oh, j'adorerais voir la nouvelle serveuse, mais j'ai apporté mon déjeuner, et ce travail ne se fera pas tout seul.

— Si tu changes d'avis, tu sais où nous trouver.

Dehors, une journée calme d'environ seize degrés passait sous un ciel ensoleillé. Le temps printanier s'était engouffré tôt. Parfait pour seller un cheval et chevaucher jusqu'au ruisseau pour piquer une tête. Enfants, quand leurs corvées étaient terminées, ses frères et lui pouvaient passer des heures à s'éclabousser et à se rafraîchir. Par une journée tranquille comme aujourd'hui, aller au ranch et convaincre son frère Finn de sécher le travail pour aller pêcher semblait presque obligatoire.

Sur le seuil du café, Adam tint la porte ouverte pour Becky. Le reste du monde pouvait être moderne et indépendant, mais, à Tuckers Bluff, la galanterie était encore au moins partiellement vivante.

— Table pour deux, ou Pat et Kelly viennent aussi ? demanda Abbie précipitamment.

Adam retira son chapeau et leva deux doigts.

— Juste nous deux aujourd'hui.

— Tout ce qu'il me reste, c'est le box du fond. Si j'avais su qu'embaucher une inconnue serait une telle aubaine pour les affaires, je l'aurais fait il y a des années. Abbie pointa son pouce par-dessus son épaule. — Allez-y et installez-vous. J'enverrai Meg vers vous.

De sa place au fond, Adam avait une vue d'ensemble sur les allées et venues du seul restaurant de la ville. Abbie trottinait rapidement d'une table à l'autre, offrant juste assez de sourire et de conversation pour remplir son devoir de petite ville, mais Adam ne voyait aucun signe de la mariée échouée.

— Tu ne devrais pas aller saluer ta grand-mère ? demanda-t-il, scrutant nonchalamment l'endroit à la recherche de la nouvelle serveuse.

— Je ferai un saut après avoir commandé. Comme ça, une fois que la nourriture sera en train de cuire, j'aurai une excuse pour ne pas me faire entraîner dans leur partie.

— Tu n'aimes pas le poker ?

— Oh, j'adore jouer aux cartes. N'importe quel jeu. Mais, avec ce groupe, on ne fait jamais qu'une seule partie rapide, et, comme par hasard, j'ai un super boulot avec un patron très cool que je préférerais ne pas perdre.

— Ça n'arrivera jamais. J'ai mes entrées auprès de ce patron très cool, et le bruit court qu'il ne veut pas te perdre non plus.

Du coin de l'œil, il vit la rousse se précipiter vers leur table avec deux verres d'eau. Elle s'était débarrassée de sa tenue de mariée et portait un des tabliers du café sur une chemise boutonnée et un pantalon foncé qui s'arrêtait juste en dessous de ses genoux, mettant en valeur des mollets bien galbés. Son esprit dériva vers l'aperçu qu'il avait eu ce matin de son décolleté généreux sur la route, et il ressentit une décharge électrique inattendue au sud de sa boucle de ceinture.

— Voilà pour vous. Meg sourit à Becky en posant l'eau, puis reconnut Adam. — Oh, salut.

— Salut. Je suis désolé d'avoir dû partir si vite, mais j'étais en retard pour mon rendez-vous matinal avec un golden retriever.

— N'y pensez plus. Meg balaya ses excuses d'un geste et d'un sourire. — Ned m'a expliqué. Je suis juste contente que vous soyez tombé sur moi au bon moment.

Avant qu'il ne puisse dire un mot de plus, la sonnette de commande retentit.

Elle leva un doigt en l'air et marmonna :

— Je reviens tout de suite.

Puis elle se précipita vers la cuisine.

— Elle a l'air un peu nerveuse, tu ne trouves pas ? Becky lui parlait, mais son regard restait fixé sur Meg, maintenant debout derrière le comptoir, tenant un plat d'une main et examinant un petit morceau de papier de l'autre.

— Si j'étais joueur, je dirais qu'elle n'a jamais fait ça auparavant.

Il ne pouvait pas entendre ce que Meg et le cuisinier disaient, mais Abbie s'était approchée de Meg, avait pris le bout de papier de la main de Meg, l'avait embroché sur une pointe à proximité et avait donné à Meg une autre assiette de nourriture.

Après l'avoir livrée aux joueuses de poker, Meg trottina vers leur table.

— Alors, qu'est-ce que ce sera ?

Abbie gardait les plats du jour sur le tableau noir derrière le comptoir. Tous les habitués connaissaient le menu par cœur, donc le fait que personne ne leur ait donné de menu n'avait que peu d'impact. Seulement, au moment où Adam allait ouvrir la bouche pour commander, Meg réalisa apparemment qu'il leur manquait des menus, et une fois de plus elle fit le geste du doigt en l'air, tout en marmonnant :

— Je reviens tout de suite.

— Ah ouais.

Becky rit doucement.

— Elle n'a vraiment jamais fait ça auparavant.

Et pas pour la première fois aujourd'hui, Adam se demanda quelle était l'histoire de Margaret Colleen O'Brien ?

CHAPITRE QUATRE

u moins, Meg avait gagné suffisamment en pourboires pour se payer quelques nuits dans un motel bon marché. En supposant qu'il y ait un motel bon marché dans cette ville. Le café n'avait pas désempli de la journée. Elle avait à peine eu le temps d'apercevoir par la fenêtre les quelques magasins voisins et la clinique vétérinaire de l'autre côté de la rue.

Et le vétérinaire de l'autre côté de la rue.

Dans la faible lumière de l'aube, le gars avait paru sacrément beau. Mais à cette heure-là, beau dépendait souvent du manque de lumière. À midi, la réalité venait souvent tout chambouler. Mais la réalité s'accordait parfaitement avec Adam Farraday. Vraiment parfaitement.

Les cow-boys sexy des couvertures de romans d'amour ne lui arrivaient pas à la cheville. Hormis la couleur éclatante de ses yeux d'un bleu irlandais, ses cheveux presque noirs et sa peau bronzée donnaient une nouvelle dimension aux mots grand, ténébreux et séduisant.

Abbie s'assit à côté de Meg, accrochant son pied autour de la chaise la plus proche et la tirant suffisamment près pour y poser ses pieds.

— Ma chérie, tu es vraiment bonne pour les affaires.

— Je ne pensais pas que ce serait si difficile.

— Tu t'es très bien débrouillée pour une débutante.

— Je ne me plaindrai plus jamais du service à table aussi longtemps que je vivrai.

Tous les endroits où elle avait mangé faisaient paraître le métier de serveuse si facile. Prendre une commande, la transmettre, puis la servir. Qui aurait cru qu'il fallait un cerveau informatisé pour se rappeler quels plats étaient servis avec une salade et lesquels ne l'étaient pas, quel plat du menu était complet et pour lesquels il fallait se souvenir de demander quels accompagnements ils voulaient ? Sans parler de se rappeler toutes les options d'accompagnement, et, pour un petit café, Abbie avait une sacrée longue liste d'accompagnements. Et, comme si ce n'était pas suffisant pour le cerveau fatigué de Meg, les plats du jour devaient être mémorisés, y compris leur mode de cuisson. Et, par-dessus tout cela, elle devait aussi connaître les ingrédients. Elle n'avait aucune idée du nombre de personnes souffrant de différentes allergies alimentaires. Non, elle ne se plaindrait plus jamais du service en salle, jamais.

L'attention d'Abbie se porta vers la porte. Un policier entra, et Meg inspira profondément pour se calmer. Il effleura son Stetson, puis prit place au comptoir. Abbie garda un œil sur le séduisant client, plaisantant avec la serveuse de l'après-midi jusqu'à ce que Shannon lui verse une tasse de café et se déplace, cafetière en main, vers les quelques tables occupées. Ce n'est que lorsque l'officier adressa un salut silencieux à Abbie et à Meg, puis prit une lente gorgée de la boisson chaude, que Meg put respirer plus facilement.

Le regard de sa nouvelle employeuse revint vers Meg.

— Tu devras récupérer tes bagages chez Ned.

Ce serait un bagage. Un seul. Et tout ce qu'il contenait était sa trousse de maquillage puisqu'elle portait maintenant les vêtements qu'elle avait enlevés avant d'arriver à l'église. Ses bagages pour la lune de miel — remplis de vêtements tout neufs — étaient déjà dans la suite d'hôtel où ils auraient dû rester jusqu'au vol de ce matin. Malheureusement, ce qu'elle pouvait se permettre ce soir pour ses pieds douloureux ne serait rien de comparable à la luxueuse suite nuptiale du Belmont.

— Où est le motel le plus proche ?

— Butler Springs, marmonna Abbie, son regard se portant de nouveau vers Shannon à une autre table.

Les lèvres d'Abbie s'incurvèrent légèrement, observant la façon décontractée dont Shannon s'occupait de ses clients.

Considérant que Meg avait fait assez d'erreurs — oublié assez de menus, de commandes, de boissons et de tables entières pour remplir le stade des Cowboys de Dallas — c'était un miracle qu'Abbie ne l'ait pas encore mise à la porte.

— Ce n'est pas le nom d'une rue au coin, n'est-ce pas ?

Toujours souriante, Abbie reporta son attention sur Meg et secoua la tête.

— À quatre-vingt-dix miles au nord d'ici.

Formidable. Et maintenant ? Elle ne pouvait certainement pas marcher quatre-vingt-dix miles pour aller et revenir du travail. Surtout pas dans l'état où étaient ses pieds. Anne Klein fabriquait de superbes chaussures mais pas pour des services de huit heures debout.

— Une chambre d'hôtes ?

Un autre mouvement de la tête d'Abbie alla de gauche à droite.

— Myrtle Yantz louait quelques chambres après la mort de son mari, mais elle a fermé la maison et a déménagé à Lubbock pour être plus proche de son nouveau petit-enfant.

Une raison de plus pour castrer Jonathan Cox si Meg le revoyait un jour.

— Le propriétaire d'origine du café vivait dans l'appartement à l'étage. Nous l'utilisons principalement pour le stockage, mais je garde une chambre pour dormir lors d'une urgence occasionnelle quand je ne peux pas rentrer chez moi.

Abbie fouilla dans sa poche et sortit une clé unique sur un porte-clés en forme de botte de cow-boy.

— Il y a probablement un pied de poussière là-haut, mais c'est à toi.

Dans l'état où elle était, dormir sur un pied de poussière serait parfait.

— Merci.

Après une longue douche chaude et une bonne nuit de sommeil, elle serait mieux préparée pour déterminer ce qu'elle ferait ensuite. Se levant, Meg prit une profonde inspiration et regarda autour d'elle.

— Si tu traverses directement la cuisine jusqu'au

couloir arrière, les escaliers sont à ta droite. Il y a une autre entrée à l'extérieur, au coin.

Abbie posa ses pieds au sol et glissa hors de la banquette.

— Je ferais mieux de remplir les bouteilles de ketchup avant que la foule du dîner commence à arriver. Impossible de savoir combien de personnes vont se présenter, pensant que tu es encore là.

— Je peux rester et t'aider.

Posant sa main sur le bras de Meg, Abbie offrit un sourire radieux.

— Tu en as assez fait pour ton premier jour. Vas-y et installe-toi. Je te verrai demain matin pour le petit-déjeuner, mais ton premier service sera lundi. On commence à 6 heures.

— Six heures, répéta Meg en sortant par la porte d'entrée, se demandant silencieusement si elle n'avait pas perdu la tête.

Bien que ses pieds réclament du repos à grands cris, l'exploration de son nouveau domicile devrait passer après quelques achats essentiels. Un rapide coup d'œil en bas de la rue lui indiqua que le centre-ville de Tuckers Bluff pourrait lui fournir quelques produits de première nécessité pour les prochains jours. Tournant à droite, elle descendit la rue, observant les différentes boutiques au passage. La vitrine du Haddie's Haven présentait un arc-en-ciel de fils et de tissus.

Elle passa devant la quincaillerie de Fred, le Cut and Curl, le magasin de meubles d'occasion Secondhand Rose et s'arrêta devant une petite boutique appelée Sisters. Ce dont elle avait besoin était un Walmart, mais la pittoresque rue principale était tout ce qu'elle avait à sa disposition. Ouvrant la porte de Sisters, elle entra.

— Bienvenue.

Une grande rousse mince en jeans et chemise à carreaux posa le magazine qu'elle tenait sur le comptoir et glissa un crayon derrière son oreille.

— Vous devez être celle dont toute la ville parle. Je suis Sissy.

— Oh, je croyais avoir entendu la clochette.

De derrière un rideau fleuri, une femme replète — pas plus haute que le menton de Meg — avec des cheveux blond platine coiffés en ruche style années 50 — glissa pratiquement à travers la pièce.

— Comment Sister et moi pouvons-nous vous aider ? demanda la rousse.

Sisters ? Meg espérait que sa surprise ne se voyait pas. Évidemment, les femmes tenaient de deux parents différents.

— J'ai besoin de quelques articles. Quelques chemisiers et des nouveaux… sous-vêtements.

— Je suis sûre que nous avons exactement ce qu'il vous faut.

Sissy fit signe à Meg de la suivre.

— Sister, dit Sissy par-dessus son épaule, je vais montrer à notre invitée les nouveaux cotons que nous avons reçus plus tôt cette semaine. Pourquoi n'allez-vous pas chercher quelques-unes de nos plus jolies lingeries ?

— Oh, oui, Sissy. Excellente idée.

La femme s'éloigna en se dandinant, continuant à parler.

— Oui, nous avons de très jolies choses qui seront parfaites pour notre nouvelle citoyenne.

Trop fatiguée pour trouver ses mots, Meg n'allait pas corriger la dame. Meg ne serait ici que jusqu'à… combien de temps resterait-elle ici ? Presque trébuchant en s'arrêtant, elle chassa de son esprit les questions auxquelles elle n'avait pas de réponse et suivit Sissy vers l'arrière de la boutique pas si minuscule. De l'extérieur, l'endroit semblait être une jolie boutique, mais maintenant Meg pouvait voir que c'était la version locale d'un grand magasin. Elle passa devant le rayon enfants, un maigre assortiment de chaussures, un portant de chemises et un autre de pantalons qui faisaient office de rayon hommes, et retint un sourire. Peut-être parce qu'elle avait été sur ses pieds toute la journée ou peut-être parce qu'elle n'avait jamais été dans une si petite ville auparavant, mais l'image de certains des braves types qu'elle avait servis au café aujourd'hui venant ici pour acheter des vêtements chez Sissy et Sister donna à Meg son premier vrai fou rire depuis des jours.

— Nous y voilà.

Sissy tendit deux chemisiers. Simples, jolis, tout à fait du style de Meg. Les mots « Je les prends » étaient sur le bout de sa langue quand elle se rappela qu'elle ne pouvait pas utiliser de cartes de crédit — pas avant d'avoir trouvé la meilleure chose à faire — et avait peu d'argent liquide. Prenant un cintre des mains de Sissy, Meg souleva le chemisier et, de l'autre main, toucha le col, descendit sur les boutons et fit de son mieux pour regarder discrètement l'étiquette de prix.

— Nous faisons une vente promotionnelle, dit Sissy avec un sourire.

Même si les yeux de Sister ne s'étaient pas arrondis comme des balles de ping-pong, Meg avait suffisamment fait de shopping pour savoir que les soldes venaient toujours à la fin d'une saison, pas au début. Y avait-il quelqu'un en ville qui ne savait pas intuitivement qu'elle était presque sans le sou et seule ?

— Deux pour le prix d'un, ajouta Sissy face au silence de Meg, puis, lui tendant l'autre chemisier, prit un plateau de culottes de sa sœur. — Et celles-ci devraient vous convenir. Sister a un excellent œil pour les tailles.

Les deux chemisiers à boutons dans une main, Meg souleva une seule paire de culottes en coton et dentelle de l'autre main, cherchant soigneusement les prix. Elle ne savait toujours pas combien coûtaient les chemisiers qu'elle tenait. Indépendamment de la vente soudaine, s'offrir plus de quelques paires de culottes pourrait ne pas être facile, surtout si elle avait aussi besoin de nouvelles chaussures.

Regardant les deux femmes, qui la fixaient comme une paire de serre-livres en forme de hiboux, Meg n'avait pas le choix.

— Combien coûtent-ils ?

— Nous avons un système de paiement échelonné, dit la rousse au même moment où la sœur replète annonçait :

— Cinq dollars la paire ou cinq pour vingt dollars.

Une fois de plus, la blonde à la coiffure en ruche fit un

piètre travail pour cacher sa surprise.

Meg laissa retomber la jolie culotte dans le plateau.

— Peut-être du coton simple. Et une paire de chaussures confortables.

Elle pourrait laver ses vêtements et revenir faire des courses lundi avec plus d'argent de pourboire.

— Oh, oui.

Sister posa le plateau de culottes sur le comptoir en verre à proximité, qui appartenait clairement au rayon bijouterie, et bondit vers les chaussures pour en présenter une noire et sobre.

— Celles-ci ne sont pas très jolies, mais elles ont un excellent soutien de la voûte plantaire.

Le soutien de la voûte plantaire était probablement les deux plus beaux mots que Meg ait jamais entendus.

— Sister, dit Sissy, trouve sa pointure et laisse-la les essayer.

Acquiesçant, Meg tendit les deux chemisiers à Sissy, se dirigea vers les chaussures et s'assit sur l'unique chaise à dossier droit. À ce moment précis, alors que les deux sœurs échangeaient des regards furtifs en une communication silencieuse, Meg se dit que peut-être rien de ce qui s'était passé aujourd'hui n'était réel. Peut-être vivait-elle un ridicule cauchemar induit par le trac du mariage. Dans le monde réel, il n'existait pas deux femmes nommées Sister et Sissy, ni un propriétaire de restaurant embauchant une serveuse incompétente, ni un bel inconnu grand et ténébreux venant à son secours à l'aube comme un chevalier en armure étincelante. La seule chose manquante pour confirmer que tout ceci n'était qu'un rêve aurait été qu'Adam Farraday arrive sur un étalon et que Sister ou Sissy lui offre ces chaussures gratuitement.

Peut-être que si elle fermait très fort les yeux et se disait de se réveiller, elle se retrouverait à Dallas, son fiancé serait toujours l'homme de ses rêves, et la dernière chose dont elle aurait à s'inquiéter serait son père et le FBI. Réveille-toi, Meg. Réveille-toi. Lentement, elle ouvrit les yeux pour découvrir Sister fronçant les sourcils à quelques centimètres d'elle.

Tenant un pantalon marron similaire à celui que portait l'autre serveuse, Shannon, Sissy donna un coup de coude à sa sœur potelée.

— Nous proposons aussi le crédit.

Les coudes sur le bureau, Adam pressait les paumes de ses mains contre ses sourcils. En un instant, la matinée tranquille s'était transformée en un après-midi chaotique. Être épuisé jusqu'aux os ne décrivait même pas la façon dont il se sentait.

— Dois-je préparer une autre cafetière ? demanda Becky depuis l'embrasure de la porte.

— Non.

Adam releva la tête et fit rouler son cou.

— Je dois terminer ma journée.

— Tu veux dire ta soirée.

Du nez, Becky indiqua l'horloge sur le mur d'en face. Presque sept heures.

Il aurait dû partir il y a plus d'une heure.

— Pourquoi es-tu encore là ?

Poussant un soupir, Becky croisa les bras et lui lança un regard — es-tu vraiment aussi bête ?

Adam réprima un sourire. Certains jours, il avait l'impression d'être celui qui avait douze ans de moins que Becky.

— Tu es beaucoup trop jeune pour me rappeler ta grand-mère, et je suis trop vieux pour que tu veilles sur moi.

Laissant échapper un autre soupir, elle se détacha du mur et, secouant la tête, traversa tranquillement la pièce jusqu'à son bureau et brandit le yaourt non ouvert qu'elle lui avait laissé avant qu'il n'entre en chirurgie. Au lieu de rentrer chez lui où il aurait dû être pour récupérer un sommeil bien nécessaire, il avait effectué au dernier moment l'incision d'un abcès sur le chat de Mme Perkens.

— On ne dirait pas.

— D'accord. Tu as gagné. Peut-être un peu de

surveillance occasionnelle.

Certains jours, il se demandait comment une femme aussi sage et attentionnée pouvait se cacher dans une personne aussi jeune et douce. Étant l'une des meilleures amies de sa sœur, Grace, Adam avait vu les filles grandir. Là où Grace était libre, souvent irresponsable et, au grand dam de tous, fréquemment imprudente, Becky était traditionnelle, responsable et plus fiable qu'une montre suisse.

Se débarrassant de sa blouse de laboratoire et la suspendant au crochet voisin, Adam se tourna pour poser sa main libre contre le bas du dos de Becky et la poussa doucement vers le couloir.

— Mais pas plus ce soir. Rentre chez toi et occupe-toi de ta grand-mère. Ou mieux encore, ne devrais-tu pas sortir avec Ben un samedi soir ?

Marchant devant lui dans le couloir, Becky haussa les épaules.

— Non. Ben fréquente la nouvelle enseignante.

— Cet homme n'a aucun goût.

Non pas qu'Adam sache quoi que ce soit sur la nouvelle enseignante, mais tout homme qui laissait filer une fille comme Becky était un idiot et demi. Cela dit, peut-être que le plus grand idiot était celui qui ne la remarquait pas en premier lieu. Si son frère cadet Ethan n'ouvrait pas les yeux et ne se secouait pas très vite, Adam pourrait bien devoir lui secouer les puces. Une fille comme Becky ne l'attendrait pas éternellement.

Becky tendit la main vers la porte d'entrée tandis qu'Adam la contourna rapidement pour la lui tenir ouverte. Secouant à nouveau la tête, elle dit :

— L'homme qui a passé sa dernière année de lycée à sortir avec Emily Taub n'a aucun droit de critiquer le goût de qui que ce soit.

— Emily était très jolie.

— Et très plastique.

Tous deux se tenant sur le porche devant, il se tourna pour verrouiller la porte. Il se souvenait de beaucoup de choses à propos d'Emily Taub. La plupart n'étant pas adaptées à une discussion en compagnie mixte, et aucune n'impliquait le mot plastique.

Au moment où il se retourna, Becky était déjà installée sur le siège avant de sa voiture.

— À lundi matin.

Avec un hochement de tête rapide et un bref signe de la main, elle s'éloigna. Adam regarda de l'autre côté de la rue vers le café. Il doutait que Meg O'Brien travaille encore. Bien qu'il n'ait pas entendu le contraire, il doutait même qu'elle soit toujours employée après sa performance difficile d'aujourd'hui. Quoi qu'il en soit, il prendrait le plat du jour à emporter. Avec un peu de chance, il serait chez lui, nourri et couché plus tôt que tard.

La clochette de la porte retentit au Silver Spurs lorsqu'il entra. Pas beaucoup de monde à cette heure. Se coucher tôt, se lever tôt était le credo des éleveurs. La plupart des clients dispersés étaient des couples profitant d'un rendez-vous du samedi soir. Son frère D.J. était assis au comptoir dans le coin, dos à la cuisine.

Abbie leva les yeux en servant le café.

— Le plat du soir ?

Adam acquiesça.

— Mon genre de client préféré. Mange tout ce qu'on cuisine. Un pain de viande spécial en préparation.

Elle disparut par les doubles portes de la cuisine.

— Soirée calme ?

Adam enfourcha le tabouret à côté de D.J.

— Chut.

Il leva la main.

— Tu vas nous porter malheur.

Adam rit. En plein milieu de Nulle Part, Texas, les choses les plus étranges pouvaient se produire. Alors que la plus grande crainte d'un policier de la ville était un appel pour tireur actif en fin de service suivi de montagnes de paperasse ou, pire, des heures avec l'équipe de la scène de crime, un agent de la loi rural devait s'inquiéter des adolescents qui renversaient les vaches et faisaient exploser des troncs creux pour s'amuser. Non pas que le comté de Butler en pleine croissance n'ait pas sa part d'activité criminelle, essentiellement de la petite délinquance, mais Tuckers Bluff n'était tout simplement pas le haut lieu de la grande criminalité.

— Tu veux une tasse ? demanda D.J.

— Non. La dernière chose dont j'ai besoin maintenant, c'est de la caféine.

Il frappa sa paume à plat sur le comptoir.

— J'envisage sérieusement de faire une sieste ici même pendant qu'Abbie prépare mon repas à emporter.

— Dure journée, à secourir ta demoiselle en détresse.

Ça, c'était la partie facile. Garder son esprit sur son travail et non sur ladite demoiselle, c'était une autre histoire.

— Tu as entendu quelque chose sur la durée de son séjour en ville ?

D.J. haussa les épaules.

— Je ne pense pas que quelqu'un le sache.

— Voilà pour toi.

Abbie posa un sac en papier blanc sur le comptoir.

— J'ai ajouté un petit extra. Tu as l'air un peu maigre. Eileen ne me pardonnera pas si je te laisse dépérir.

Si chaque cellule de son corps n'était pas épuisée, il aurait ri de la crainte que sa tante Eileen inspirait à tout le monde. Cette femme devrait se présenter comme maire. Elle et Dorothy Wilson. Elles feraient une sacrée équipe. Pas besoin de conseil municipal. Elles pourraient gérer tout le spectacle toutes seules.

— Considère cela comme un petit remerciement pour la nouvelle aubaine commerciale, ajouta Abbie.

— Pardon ?

— Meg. Ma nouvelle serveuse. Celle que tu as secourue ce matin.

Adam était content d'être assis. Il avait cru avec certitude que Meg était tellement dépassée que son premier jour aurait été son dernier.

— Elle travaille toujours ici ?

Abbie laissa échapper un rire qui venait du fond de son ventre.

— Est-ce que j'ai l'air stupide ? Cette femme a rapporté

une semaine de chiffre d'affaires aujourd'hui. En plus —
son sourire s'estompa — elle est dans une mauvaise passe.

— Elle te l'a dit ?

Durant le trajet en ville, la mariée en fuite lui avait à
peine adressé la parole.

— Pas besoin d'entendre les mots. Je pouvais le voir
dans ses yeux. Elle a commandé du café pour déjeuner. J'ai
appelé les sœurs à l'avance. Je me suis dit qu'elle passerait
prendre une garde-robe plus pratique pour travailler ici.

D.J. hocha la tête en signe d'approbation à la
propriétaire du café.

— C'était gentil de ta part, Abbie.

— Ça n'a rien à voir avec la gentillesse. C'est pourquoi
aucun d'entre nous ne vit plus dans les grandes villes. Les
gens méritent qu'on se soucie d'eux.

Elle pivota, cafetière en main, et reprit son activité
consistant à garder ses clients satisfaits.

— Elle marque un point.

D.J. fixait la direction d'Abbie.

— À propos d'être décent ?

— De ne plus vivre dans les villes.

Adam n'était pas tout à fait sûr de ce qui avait ramené
D.J. à Tuckers Bluff. Certaines choses, même entre frères,
restaient non dites. Mais Adam savait que son père et sa
tante Eileen étaient plus heureux quand la table du dîner
dominical était bien remplie. Surtout quand Connor et Ethan
parvenaient à rentrer.

— Tu viens au ranch demain ?

— Est-ce que je ne viens pas toujours ? acquiesça D.J.

Un sourire lent et assuré se dessina sur son visage.

Se mettant debout, Adam donna une tape sur l'épaule
de son frère.

— À demain alors.

La distance entre le café et son appartement n'était que
de la largeur de la route à deux voies et du trottoir devant la
clinique, et pourtant, de là où il se tenait, cela aurait tout
aussi bien pu être un terrain de football américain. Rester
planté là à contempler sa fatigue ne le mettrait pas au lit
plus vite. En se forçant à mettre un pied devant l'autre, il

envisagea sérieusement de garder le pain de viande pour le petit-déjeuner. Rien ne semblait plus tentant maintenant que son lit. Alors, bien sûr, une seule autre pensée lui vint à l'esprit. Où Margaret Colleen O'Brien dormait-elle ce soir ?

CHAPITRE CINQ

Outre le travail acharné du personnel de service, il y avait deux autres choses que Meg avait sous-estimées toute sa vie. Un bon matelas et l'eau chaude. Les deux avaient fait des merveilles pour toutes les parties douloureuses de son corps. L'exercice physique faisait normalement partie de sa routine quotidienne. Il ne lui était jamais venu à l'esprit qu'elle n'était pas en bonne forme. Elle avait même fait des cours de barre pour rester souple, mais rien de tout cela ne se comparait aux heures passées debout hier, à porter des assiettes et à prendre des commandes. Chaque muscle, même le plus petit, avait crié grâce.

D'après un rapide examen à son arrivée dans son nouveau logement hier soir, Meg avait calculé que le plan original de l'appartement du café n'utilisait que la moitié de la superficie du rez-de-chaussée. Dans le grand salon et la salle à manger, toutes sortes de cartons étaient empilés les uns sur les autres et sur les meubles, des classeurs étaient entassés dans l'espace avec d'autres bricoles. La kitchenette comportait encore plus de cartons empilés du comptoir jusqu'au plafond. Les seuls espaces libres étaient la chambre vintage avec un vieux lit métallique à ressorts et la salle de bain, qui possédait une phénoménale baignoire à pieds en forme de griffes.

Malgré l'avertissement d'Abbie concernant les trente centimètres de poussière, Meg avait trouvé les deux zones en assez bon état. Un placard à linge bien rempli contenait une quantité surprenante de serviettes, draps, nappes et serviettes de table pour un appartement inhabité. Il ne lui avait fallu que peu de temps pour mettre à profit les produits de nettoyage du placard à balais. Dans la salle de bain surdimensionnée, elle avait découvert un lave-linge et un sèche-linge pour les draps et avait passé plus de temps qu'elle n'aurait dû à se prélasser dans la vieille baignoire. Pourquoi quelqu'un pensait-il qu'il était plus pratique, plus commode ou plus élégant d'installer des baignoires trapues dans les maisons contemporaines, elle n'en avait aucune idée. Si jamais elle retrouvait sa propre maison, une grande baignoire en fonte serait en tête de sa liste de souhaits. Juste après un mari honnête et la tranquillité d'esprit.

Rayons le mari. Les hommes étaient largement surestimés et certainement plus de problèmes qu'ils n'en valaient la peine.

Enfilant le seul pantalon et le seul haut qu'elle avait achetés en ville – payant tout en espèces, à la grande joie de Sister – Meg glissa ses propres chaussures et réalisa que le petit-déjeuner n'était qu'à un étage de là.

L'odeur du bacon et des saucisses devenait plus forte à chaque marche. Le temps qu'elle pousse la porte déverrouillée du couloir arrière vers la cuisine du café, l'estomac de Meg rugissait comme le moteur de cette fichue voiture de sport.

— Bonjour, dit Abbie sans lever les yeux. — Le café est prêt. Frank te préparera ce que tu veux. La plaque chauffante en haut ne fonctionne pas.

Sous tous les cartons et le désordre, Meg n'avait même pas remarqué de plaque chauffante.

— Merci. Des œufs et du pain grillé iront très bien.

Abbie désigna le pain et le grille-pain à plusieurs tranches de l'autre côté de la cuisine.

— Sers-toi de tout ce que tu veux. Quand tu auras ta nourriture, viens t'asseoir devant et nous parlerons.

L'appétit de Meg chuta rapidement. Son esprit lui disait de rester calme ; son rythme cardiaque pensait autrement. Et son cœur avait probablement raison. Abbie avait très certainement reconsidéré la valeur de Meg et, après lui avoir offert le petit-déjeuner, allait lui remettre la lettre de licenciement proverbiale. Sa bouche devint sèche et sa gorge se serra. Hier, elle était trop en colère contre son ex pour avoir vraiment peur. À la lumière du jour, son avenir immédiat lui faisait une peur bleue.

La sonnette du « plat prêt » retentit, tirant Meg de ses pensées morbides. Frank avait glissé son assiette sur l'étagère de service.

— Petit-déjeuner en attente.

— Merci. Elle fit de son mieux pour sourire et rassembler son courage. Prenant l'assiette, elle se retourna pour faire face à ce qu'Abbie avait à dire.

De l'autre côté du café, regardant vers le bas, Abbie était assise dans une banquette du fond avec une pile de papiers d'un côté, une tasse de café à sa droite et ce qui ressemblait à un livre de comptes devant elle.

— Repose-toi. Tu seras suffisamment sur tes pieds demain. Rappelle-toi qu'on ouvre à six heures. Donna s'occupe habituellement du service du petit-déjeuner donc tu la remplaceras. Tu travailleras au-delà du déjeuner. Shannon arrive vers quatorze heures. S'il y a un problème…

Abbie leva les yeux et fronça les sourcils.

— Ferme la bouche. Tu vas gober des mouches.

La bouche de Meg se referma si vite qu'elle entendit ses dents claquer.

— Pardon ?

— Ta tête. On dirait que je viens de te dire que tu vas courir un marathon complet les fesses nues en hiver. Le petit-déjeuner et le déjeuner, c'est trop de travail pour toi ?

— Non. Non. Pas du tout. Du moins, elle l'espérait.

— Alors quoi ? Abbie se pencha en arrière et prit une gorgée de café.

— Je… je pensais que j'étais virée.

Posant sa tasse avec force, le liquide chaud déborda. Abbie rit jusqu'à ce qu'elle commence à tousser.

— Te virer ? Ma chérie, tu es mon fonds pour les jours de pluie. Oh, je sais que la nouveauté va s'estomper bientôt, et les choses reviendront à la normale, mais ce n'est pas souvent que cet endroit fait plus que couvrir ses frais. Je profite pleinement tant que ça dure. Maintenant, tu te sens capable de gérer les services du petit-déjeuner et du déjeuner ?

Meg hocha la tête de haut en bas, et son estomac gargouilla de faim, et son cœur de plaisir.

Jamais elle n'aurait pensé qu'elle pourrait être si heureuse d'avoir un emploi de serveuse, mais ce matin, cela semblait être le meilleur fichu travail du monde.

Le téléphone à côté des reçus d'hier vibra contre la table. Abbie le saisit d'une main et fit signe à Meg de commencer à manger de l'autre.

— Allô. … Bonjour, Mademoiselle Eileen. … Oui, c'est exact. … Oui, oui, elle est là. Un instant.

Abbie tendit le téléphone.

— C'est pour toi.

Si Meg avait l'air surprise avant, elle avait sans doute l'air stupéfiée maintenant. Son père l'avait-il déjà retrouvée ? Non. … Abbie avait dit Mademoiselle Eileen. Meg prit le portable et le porta lentement à son oreille.

— Allô ?

— Bonjour, dit une femme d'une voix forte. — Je suis Eileen Callahan. Vous avez rencontré mon neveu Adam hier matin.

— Oui, madame. Il a été très serviable. Je vous remercie.

— Je suis contente de l'entendre. Je sais que vous êtes nouvelle en ville, et ce n'est pas facile de s'installer.

Meg faillit rire.

— Pas grand-chose à installer quand on n'a que les vêtements qu'on porte. Abbie facilite mon installation.

— Bien. Contente de l'entendre. Dans notre région, le dimanche est le jour de la famille, poursuivit Eileen. — Je serais ravie de vous avoir pour le souper.

— Oh, eh bien, merci. Je suis sûre que ce serait charmant bientôt, mais…

— Je sais que votre voiture est au garage de Ned, donc vous aurez besoin d'un transport.

Meg était certaine que deux conversations différentes se déroulaient ici.

— Eh bien, une fois que Ned aura installé le nouveau radiateur, ça ne prendra pas longtemps pour…

— Oui, j'ai entendu parler de la longue attente pour les

pièces. Je suis vraiment désolée pour ça. Un bon repas de famille est exactement ce qu'il faut pour oublier les irritations de la vie.

— Normalement, je serais d'accord avec vous, mais…

— Parfait. Adam a des affaires au ranch des Thomas, donc Brooks viendra vous chercher.

— Oh. Meg déglutit difficilement. Elle n'était pas prête à être sympa avec les voisins. Être sympa menait généralement à des questions, et elle était loin d'être prête à y répondre. — Je ne voulais pas…

— Il passera vous prendre à quatorze heures.

— Mais je ne…

— C'est trop tôt ? Quatorze heures trente sera mieux pour vous ?

La dame avait l'air si gentille et déterminée.

— Euh, non. Quatorze heures sera parfait. Merci.

— Merveilleux. À bientôt. L'appel se termina, et Meg rendit le téléphone à sa nouvelle patronne.

— Laisse-moi deviner. Abbie sourit. — D.J. vient te chercher pour le souper du dimanche.

Meg secoua la tête.

— Brooks.

— Bon choix. Abbie sourit.

— Mmm. Meg se demanda ce qu'elle avait à faire à un dîner de famille Farraday. Elle n'était pas de la famille. Pour tout le monde sauf Adam, qui apparemment ne serait pas là, elle était une parfaite étrangère. — Comment cela s'est-il produit ?

— C'est Eileen Callahan qui s'est produite, voilà comment. Abbie se pencha en avant et tapota la main de Meg. — Je sais que tu es habituée aux façons de faire de la ville, mais les choses se font un peu différemment ici. Être bon voisin est plus qu'une question de sémantique. Considère Mademoiselle Eileen comme la matriarche de Tuckers Bluff et la responsable du comité d'accueil. Si tu avais emménagé dans une maison locale, à l'heure qu'il est, tu aurais un congélateur plein de muffins aux myrtilles et de casseroles King Ranch.

Malgré les nerfs qui s'agitaient dans son estomac, Meg

sentit les traces d'un vrai sourire sur ses lèvres.

— Si les casseroles sont aussi bonnes que la version frite à la foire, ça pourrait valoir la peine de trouver une maison à moi.

— Tu as le sens de l'humour. Bien. Ravie de t'avoir ici, Meg O'Brien. Maintenant, j'aurai besoin que tu remplisses ce formulaire. Abbie poussa un W-4 à travers la table et fixa son regard sur celui de Meg.

Si elle remplissait ce document, si son emploi était déclaré, ils la retrouveraient. Elle ne pouvait pas regarder Abbie dans les yeux. Et maintenant ?

— Meg — Abbie couvrit à nouveau sa main — quelqu'un te poursuit ? Tu n'as pas à avoir peur.

— Quoi ? Meg leva les yeux du papier. Une profonde inquiétude, penchant vers la peur, lui rendait son regard. Toute l'aide d'Abbie prenait soudain un sens. Elle devait penser que Meg fuyait une relation abusive. — Non. Rien de tel. Meg n'était pas exactement celle qui avait des ennuis.

Abbie se pencha en arrière et abaissa son menton dans un mouvement sec d'acceptation.

— Ceci va dans un dossier dans mon classeur. Le fisc ne saura que tu es ici que lorsque j'enverrai les W-2 en janvier.

Meg ne dit pas un mot. Elle rapprocha le papier, accepta le stylo qu'Abbie tenait et signa le formulaire.

— Merci.

— Juste pour cette fois, pouvons-nous commencer par le dessert ? Adam déposa son chapeau sur le porte-manteau voisin et suivit son nez jusqu'à la cuisine et la tarte aux myrtilles maison de sa tante Eileen. — Je vais manger la mienne maintenant.

Lui tournant le dos, Eileen se retourna, un torchon dans chaque main, tenant une tarte chaude.

— Les règles sont les mêmes depuis vingt-cinq ans.

Elles ne changeront pas aujourd'hui.

Sa voix était austère, mais ses yeux pétillaient d'humour.

— Fais la queue, frangin. D.J. entra par la porte arrière et leva le nez en direction de sa tante. — Je pouvais sentir ces délicieuses tartes à mi-chemin de la maison.

Se glissant derrière sa tante alors qu'elle posait la tarte sur la grille de refroidissement, Adam enroula ses bras autour de sa taille, l'embrassa sur la joue et lui murmura à l'oreille :

— Admets-le. La tarte est pour ton préféré. Moi.

Repoussant ses mains, elle pivota sur place.

— Je n'ai pas de préférés, Adam Farraday, et tu le sais.

Puis elle se dressa sur la pointe des pieds et, la main sur sa mâchoire, lui donna un bisou sur la joue.

— Comment va le nouveau veau ? Adam ouvrit le frigo et attrapa deux Shiner Bock, en lançant une à son frère.

— Ce n'est pas un ballon de football. Eileen souffla, les mains sur les hanches. — Tu ne peux pas simplement donner une bière à ton frère ? Tu dois la lancer ?

— Cela signifierait qu'ils devraient renoncer à leurs singeries adolescentes.

Finnegan « Finn » Farraday, le deuxième plus jeune du clan – celui qui avait le ranch dans le sang et celui qui menait ses frères et sœurs à la dure comme s'il était l'aîné – nettoya ses bottes près de la porte arrière.

— Nous devrons simplement accepter que ces deux zigotos ne grandiront jamais.

D.J. but une longue gorgée, puis pointa sa bouteille vers son grand frère.

— Je pense que les résidents de Tuckers Bluff seraient offensés que tu qualifies leur chef de police de zigoto.

— Pourquoi ? Finn prit une bière pour lui-même dans le frigo. — Je ne les ai pas appelés eux des zigotos.

La porte arrière s'ouvrit à nouveau puis se referma avec un bruit sourd. Mesurant lui-même plus d'un mètre quatre-vingts, et toujours aussi fort et robuste que n'importe lequel de ses fils, Sean Patrick Farraday se dirigea vers l'évier de la cuisine et ouvrit les robinets.

— Il y a une portion de clôture tombée près de la grange de Brennan. Je l'ai réparée provisoirement, mais nous devrons la refaire correctement demain matin.

D.J. attrapa un sac de chips au-dessus du frigo.

— Je pense qu'il est temps d'arrêter de rafistoler sa vieille clôture et de simplement remplacer cette section. Je ne sais pas ce qui est le plus vieux, lui ou ces poteaux bancals. Quand un vent fort suffit à renverser toute une section de clôture, il est temps d'en construire une nouvelle.

Un regard de pierre de la part de tante Eileen fit que D.J. remit les chips à leur place, obéissant de la même façon qu'ils l'avaient tous fait quand ils étaient enfants. Dès l'adolescence, chacun des garçons pouvait lire ses regards. Celui-ci criait clairement NE COUPE PAS TON APPÉTIT POUR LE SOUPER.

— On ne peut pas la remplacer sans sa permission. Et l'homme est trop têtu pour accepter un peu d'huile de coude entre voisins. Adam prit sa place habituelle à la table de la cuisine. — Alors, comment va le veau ?

— Bien. Finn lorgna les tartes encore chaudes. — Il faut continuer à le nourrir au biberon cependant.

— Qu'est-ce qui retient Brooks ? Leur père se servit un grand verre de lait. Depuis qu'il avait reçu un diagnostic d'ulcère duodénal, il avait renoncé à la bière et s'était mis à boire le liquide blanc apaisant comme s'il était un veau en pleine croissance.

— Il devait faire un arrêt. Eileen posa une pile d'assiettes sur la table de la cuisine. — Nous avons de la compagnie. L'un de vous, les garçons, mettez la table dans la salle à manger.

Les quatre hommes Farraday se tournèrent pour la regarder fixement.

— Ne me regardez pas comme ça. Quelqu'un prend les couverts. Les bons.

Stupéfaits de devoir prendre le souper du dimanche dans une pièce réservée à Noël, Thanksgiving et les veillées funèbres occasionnelles, Adam et ses frères restèrent cloués au sol. Une seconde plus tard, leur père leur lança l'autre moitié du regard faites ce qu'on vous dit que lui et leur tante avaient perfectionné il y a si longtemps.

Le seul à avoir fait un véritable travail ce matin, Finn fut automatiquement dispensé des corvées de dernière minute pendant qu'il montait à l'étage pour se laver. D.J. était déjà près du buffet, comptant l'argenterie. Le patriarche de la tribu Farraday étendit la nappe sur la table en acajou lisse qui était dans la famille depuis des générations. Jonglant avec précaution avec la pile d'assiettes, Adam les posa délicatement sur la table. Bien que la curiosité brillât dans tous les regards, personne ne voulait poser la question évidente. Qui diable venait souper ?

CHAPITRE SIX

— Vous, D.J., Finn, Adam, Connor, Ethan, et Grace. Meg faisait le compte mental en répétant chaque nom. — Sept.

Brooks rit depuis le siège conducteur de son Suburban. — Au dernier décompte.

Plus tôt dans l'après-midi, elle était assise sur le tabouret le plus éloigné de la porte d'entrée du café, sirotant une tasse de thé chaud, et observant les allées et venues des clients. Les interactions du milieu d'après-midi avaient été intéressantes. Hier, alors qu'elle courait comme une poule sans tête pour servir les clients, elle avait à peine remarqué certaines choses. Et en avait retenu encore moins. Maintenant, elle pouvait voir comment Abbie travaillait dans la salle. Le dimanche après-midi, elle était la seule serveuse. Une histoire de dimanches réservés aux familles, même si elle avait une clientèle décente pour le déjeuner. Principalement des gens qui venaient après l'église, avait expliqué Abbie.

C'était agréable de voir les familles arriver dans leurs habits du dimanche. Les petites filles en jolies robes et les fils en chemises boutonnées et cheveux plaqués en arrière. Quelques adolescents avaient investi le coin éloigné où hier les dames jouaient au poker. Certaines personnes venues seules s'étaient assises au comptoir. Burt Larson, le propriétaire de la quincaillerie Fred's Hardware, s'était assis à côté d'elle pour bavarder un peu. Un vieux célibataire sympathique qui avait racheté l'affaire à Fred et n'avait vu aucune raison de changer un nom auquel les gens étaient habitués, il semblait connaître quelque chose sur chaque personne dans le restaurant et ne voyait pas d'inconvénient à partager ses connaissances. Il aimait aussi son thé chaud avec de la vraie crème. Un peu étrange mais c'était quelque chose dont elle se souviendrait la prochaine fois qu'il viendrait. Meg avait remarqué très tôt qu'Abbie connaissait non seulement chaque personne par son nom, mais aussi sa boisson préférée.

— Ce sera votre cola light habituel, Mademoiselle Susan ?

— Nous n'avons plus de décaféiné, Harry. J'ai mis une nouvelle cafetière pour vous.

— Eau sans glaçons avec un zeste, j'arrive tout de suite, Mademoiselle Cassie.

Et tout le monde semblait sincèrement apprécier Abbie. Non qu'il y ait quoi que ce soit à ne pas aimer chez elle, mais l'ambiance était différente ici. Presque parfaite. Comme des scènes d'un film en noir et blanc. Le genre de film où les petites villes organisaient des bals populaires et des pique-niques pour la construction de granges. Contrairement à son monde qui comptait sur les bars et les rencontres en ligne pour socialiser, ou sur les compagnies d'assurance et les avocats de la télé pour gérer les sinistres.

À exactement quatorze heures pile, la cloche de la porte du café tinta, et au début Meg crut qu'Adam était venu la chercher après tout. Il lui fallut quelques secondes pour comprendre que l'homme à la porte n'était pas Adam, juste un sosie. Bien plus d'un mètre quatre-vingts, avec de larges épaules, portant le jean et les bottes usées obligatoires du Texas de l'ouest, il avait les mêmes mèches noir de jais qu'Adam, mais, alors qu'il se dirigeait vers elle, ce ne furent pas des yeux bleu cristal qui la repérèrent. Les yeux de cet homme brillaient d'un vert presque trèfle. Eileen n'avait pas mentionné qui était Brooks, mais il était clair pour quiconque pouvait voir qu'Adam et cet homme étaient frères. Peut-être même jumeaux.

Pendant le court trajet depuis la ville, il l'avait informée sur le reste de la famille. C'était beaucoup plus facile de le faire parler que de répondre aux questions habituelles sur d'où elle venait et ce qu'elle faisait à Tuckers Bluff.

— Et vous êtes médecin.

Il hocha la tête.

— Mais, des sept, seuls quelques-uns seront au dîner ? demanda-t-elle. Pour une enfant unique dont les amis avaient rarement plus d'un ou deux frères et sœurs, suivre sept personnes ressemblait à la fabrication d'une téléréalité.

— Finn, le plus jeune frère, il gère le ranch. Il sera là. Bien sûr moi, Adam, que vous avez rencontré. D.J.—

— C'est Declan James ?

— Correct. Il hocha la tête, tournant sur un chemin de terre sous une énorme arche en fer avec un F en volutes au centre.

Cahotant le long du chemin, elle était reconnaissante d'être dans son grand SUV et non dans sa berline à quatre portes. Ou pire, dans la stupide voiture de sport de Jonathan. Le Texas de l'ouest avait encore des choses à apprendre sur les rues pavées.

— Il nous manque Ethan, Connor et Grace, conclut Brooks.

Meg ferma les yeux, repassant leurs noms dans son esprit, essayant de se rappeler qui était qui et qui elle allait rencontrer. Adam, Brooks, Connor, D.J. Ses yeux s'ouvrirent brusquement.

— Vous êtes tous par ordre alphabétique, s'écria-t-elle.

Un rire sincère remplit l'espace autour d'elle. — Il vous a fallu un peu de temps pour comprendre. Oui. Maman adorait Les Sept Femmes de Barbe-Rousse. Papa a finalement cédé pour nous nommer selon l'alphabet, mais il a refusé de nous nommer d'après les personnages du film.

— Mais le frère aîné dans le film s'appelait Adam.

— Oui. Brooks contourna un virage sur la route. — Mais Papa n'a pas compris ce qu'elle manigançait jusqu'à ma naissance. J'ai failli être Benjamin. Finalement, ils se sont mis d'accord sur le nom de jeune fille de ma grand-mère Sarah. Brookstone.

— Je vois.

Et elle voyait.

Dès qu'ils eurent contourné le virage, une grande maison se profila au loin. Principalement en bois naturel. Un croisement entre le style mid-century et un chalet en rondins, la structure se dressait fièrement au milieu des champs jaunes environnants.

— Wow.

Brooks sourit et ralentit sur l'allée rocailleuse.

Ses yeux absorbaient les détails de la maison à mesure qu'ils s'approchaient. Des fleurs de toutes les nuances plantées devant et suspendues dans divers paniers sur le porche. Un porche massif avec plusieurs chaises à bascule de chaque côté de la porte d'entrée. Quelques conifères ornaient les côtés de la propriété. Quelques chênes verts de plus étendaient leurs branches noueuses, créant une oasis d'ombre près de l'avant et de l'arrière de la maison, mais le reste de la zone n'était qu'un grand espace ouvert. Elle était peut-être toujours dans l'État du Texas, mais elle avait définitivement atterri dans un monde étranger.

La porte d'entrée grinça quand Brooks l'ouvrit, et toutes les têtes dans la pièce levèrent les yeux. Adam avait presque regardé son couvert quand il aperçut un éclair rouge, et sa tête se redressa. Meg O'Brien franchit le seuil, un sourire hésitant sur le visage.

— Bonjour, ma chère.

Eileen traversa le sol du vaste salon.

— Ravie de vous avoir parmi nous.

— Merci.

La femme avait l'air d'avoir pénétré dans une arène de taureaux renâclants. Son regard balaya la zone, et Adam pensa qu'elle fit un pas en arrière en préparation d'une retraite.

— Vous connaissez Adam.

Eileen le désigna depuis l'entrée et guida doucement Meg vers la cuisine où se trouvaient ses frères et son père.

Comme un idiot sans cervelle, il continuait à agiter la main longtemps après qu'elle eut disparu de sa vue. Son esprit s'attardait sur le doux sourire, le regard timide et le balancement décontracté de ses hanches alors qu'elle traversait la cuisine. Cette Meg était en contraste total avec la femme fougueuse, carrément ardente qu'il avait secourue au bord de la route, et il se demanda trop facilement laquelle des deux elle serait au lit.

— Très jolie.

Brooks était venu derrière lui.

— Tu trouves ?

Parfois en dire moins était le moyen le plus facile de sauver la face. Adam se concentra sur la disposition des derniers plats et sur le blocage de ses pensées débridées.

— Elle me rappelle une pouliche craintive. Assez gentille mais elle cache quelque chose. Pendant le trajet depuis la ville, elle a réussi à éviter les questions les plus simples jusqu'à ce que la conversation tourne strictement autour de notre famille. Quelle est son histoire ?

— Comment le saurais-je ?

— C'est toi qui l'as trouvée.

— Et alors ?

Adam leva son regard pour rencontrer celui de son frère.

— Tu l'as conduite en ville.

— Et toi, tu l'as conduite ici depuis la ville. Pourquoi en saurais-je plus que toi ?

Brooks regarda au-delà de lui vers la cuisine.

— Ned dit que c'est une mariée en fuite. Tu penses qu'elle a un mari qui la recherche ?

Quand il avait vu le maquillage étalé après de longues larmes, Adam avait supposé qu'elle avait été abandonnée à l'autel. Se pourrait-il qu'il se soit trompé, et qu'il y ait un mari abandonné à sa recherche ?

— Je ne sais pas.

— La rumeur dit qu'elle a de l'argent. Pourquoi penses-tu qu'elle travaille pour Abbie ?

Pour se cacher de son nouveau mari ? Cette idée l'agaçait. Beaucoup.

Des rires de plus en plus forts filtraient dans la salle à manger. Son père adoptait son meilleur accent irlandais et racontait des histoires sur son oncle George. Marchant à côté de lui, Meg riait doucement. Juste au moment où le reste de la famille arrivait dans le salon, elle lança un sourire radieux à son père, et l'estomac d'Adam se serra.

Tout au long du souper, Adam, assis à côté de Meg, fit de son mieux pour ne pas la fixer du regard. Du moins pour ne pas se faire prendre. Il fit aussi un effort supplémentaire pour ne pas bondir à travers la table et leur faire une clé de nuque quand ils s'oubliaient et la regardaient. Il ne les en blâmait pas. Elle était magnifique.

Tante Eileen lui tendit le panier à pain.

— Prenez-en un autre. Dites-nous, combien de temps comptez-vous rester à Tuckers Bluff ?

Son regard se baissa juste assez longtemps pour que sa tante lui lance un regard pincé avant que Meg ne relève les yeux.

— Je ne sais pas encore. Au moins jusqu'à ce que ma voiture soit réparée.

— Je sais que c'est difficile pour une famille de nos jours avec tout le monde si dispersé.

Le sourire d'Eileen resta en place, mais un regard lointain emplit ses yeux.

— Il reviendra.

Sean tendit la main et tapota celle de sa belle-sœur.

Pendant quelques secondes, la table devint silencieuse. Cela avait été une procédure opérationnelle standard dans le clan Farraday de se concentrer sur le jour où Ethan reviendrait dans la famille et non sur ce qu'il faisait maintenant. Bien qu'ils fussent tous fiers comme l'enfer de lui, un pilote d'hélicoptère marine, son uniforme était décoré de tant de médailles qu'il montrait qu'il était plus que bon dans son travail. C'était plus facile pour les nerfs de tout le monde si personne n'avait à considérer ce qu'il avait fait pour gagner toutes ces médailles. Surtout pas avec de la compagnie au souper du dimanche.

Adam tendit la main vers un autre des biscuits faits maison de sa tante.

— Quelqu'un a-t-il des nouvelles de notre petite sœur dernièrement ?

— Oh, oui.

Tante Eileen arborait un sourire.

— Elle a appelé ce matin pour confirmer qu'elle

viendra à la maison le week-end du mariage de Sandra Lynn. Les mariages sont toujours bons pour réunir les familles.

Autant qu'il ne le voulait pas, il ne pouvait s'empêcher de jeter un coup d'œil rapide à la réaction de Meg face aux discussions sur le mariage. Il n'était pas sûr s'il espérait déterminer si elle avait été celle qui avait quitté ou celle qui avait été quittée, ou s'il s'inquiétait simplement pour ses sentiments. Mais quel que soit le cas, c'était un point discutable, car son expression était fraîche et calme, et ne donnait aucune indication qu'elle aurait pu être même un peu mélancolique à propos du commentaire.

— Je comprends, sourit Meg, que Grace est à la faculté de droit.

— Sa dernière année, annonça Sean avec fierté. — Pour ce que ça coûte, elle devrait obtenir son diplôme en tant que juge de la Cour suprême.

— Voyons, Sean.

Eileen leva les yeux au ciel.

— J'espère juste qu'elle peut arranger les contraventions de stationnement, dit Brooks avant d'enfourner sa dernière bouchée de rôti.

— Des contraventions de stationnement ? marmonna Sean. — Trois ans dans l'une des meilleures facultés de droit du Texas et tu penses aux contraventions de stationnement ?

— Personne ne reçoit de contraventions de stationnement. Pas par ici, ajouta D.J.

Eileen secoua la tête, riant.

— Ce n'est pas comme si nous avions des parcmètres.

D.J. atteignit le dernier biscuit.

— Espérons qu'elle aspire à gérer des testaments et des petites créances car il n'y aura pas grand-chose d'autre à faire pour elle ici.

Récupérant son assiette et celle de son beau-frère, Eileen se leva.

— Vous, les garçons, arrêtez de chercher des problèmes là où il n'y en a pas. Tout le monde a besoin d'un avocat de temps en temps. C'est peut-être une petite ville, mais c'est un comté assez grand pour un avocat de plus.

— Attendez. Laissez-moi vous aider.

Meg se leva et tendit la main vers l'assiette vide d'Adam.

— Pas question. Vous êtes une invitée.

Eileen se tourna vers D.J.

— Pourquoi ne montres-tu pas les alentours à Meg dehors. Montre-lui le nouveau veau.

— Désolé.

D.J. lança un sourire d'excuse avant de retourner au téléphone qu'il tenait.

— Je dois retourner au bureau.

Le visage de Tante Eileen se plissa instantanément d'inquiétude.

— Quelque chose ne va pas ?

Toujours concentré sur l'écran dans sa main, D.J. secoua la tête.

— Je ne suis pas sûr.

Arrivé à la fin du texte, il glissa le téléphone dans sa poche, rencontra le regard d'acier de sa tante et, tendant la main, il effaça la ride sur son front avec son pouce.

— Rien dont vous devez vous inquiéter.

Il embrassa le haut de sa tête et se tourna vers le reste de la pièce.

— Désolé de manger et me sauver.

La pièce resta silencieuse pendant quelques secondes alors que D.J. attrapait son chapeau et se dirigeait vers la porte d'entrée. Ce n'était pas souvent qu'il était appelé loin d'un souper de famille. Cette partie du pays d'élevage était plutôt tranquille. Il n'y avait pas eu beaucoup d'excitation depuis que les frères Brady avaient tagué Je t'aime sur le taureau primé du père d'Amanda Rankin. La plupart des crimes graves avaient tendance à se produire dans les grandes villes. Le chef-lieu du comté, surtout. Mais rien ne garantissait qu'un jour de vrais problèmes ne pourraient pas arriver à Tuckers Bluff.

— Avez-vous déjà été sur un ranch auparavant ?

Sean fut le premier à détourner son attention de son fils vers son invitée.

— Je ne peux pas dire que j'y ai été.

— Alors Eileen a raison. Vous devez voir les nouvelles additions à l'étable.

Il regarda Adam.

— Pourquoi ne l'emmènes-tu pas dehors ?

— Ce ne sera pas néc—

— Allez-y avec mon fils. On ne se lasse jamais de voir les miracles de Mère Nature. Mais ne les nommez pas.

Les yeux de Meg s'arrondirent comme ceux d'une chouette de grange, et Adam faillit rire. Ayant grandi dans un ranch, il avait vite appris à ne jamais nommer les veaux, et, d'après l'expression sur son visage, pour une fille de la ville, Meg avait compris pourquoi assez rapidement.

— Venez.

Adam se pencha et écarta sa chaise. Ses doigts effleurèrent son côté alors qu'elle s'éloignait de la table, et il prit une inspiration. S'il avait été un homme intelligent, il aurait confié cette tâche à Brooks. Cela dit, quand il s'agissait de femmes, personne n'avait jamais prétendu qu'il était intelligent.

CHAPITRE SEPT

L a sensation des doigts d'Adam sur son côté était si surprenante, si électrisante, que Meg avait baissé les yeux pour voir si elle pouvait blâmer le tapis pour l'électricité statique. Un parquet bien ciré lui avait renvoyé son regard. Pas de tapis.

— La grange est par ce chemin.

Pour elle, un chemin serait en béton, peut-être en asphalte, ou au moins pavé de pierres. Ici, chemin avait clairement une autre signification. Quand elle était arrivée au ranch, elle avait remarqué que la plupart des terres environnantes étaient ternes et fades en couleur, seule la zone entourant immédiatement la maison présentait quelques brins épars de nouvelle verdure. Particulièrement sous l'ombre des arbres occasionnels de chaque côté du « chemin ». De la terre piétinée et des cailloux qui ne laissaient guère aux nouvelles herbes l'occasion de pousser traçaient une ligne vers une structure massive pas trop éloignée.

— Nous élevons plus de mille deux cents têtes de bétail sur près de quarante mille hectares.

Quarante mille ? — Ça paraît vraiment grand.

— Grand est relatif. Il faut beaucoup de terres par tête pour élever du bétail dans cette partie de l'État. Finn a des vues sur la propriété de notre voisin Ralph Brennan.

Adam fit coulisser la porte de la grange et s'écarta pour la laisser entrer en premier.

Elle remarqua qu'il gardait une bonne distance et se demanda si la décharge d'électricité statique dans la maison l'avait autant affecté qu'elle l'avait troublée.

— Brennan arrive à un point où il ne peut plus

s'occuper du travail du ranch. Papa et Finn ont racheté son troupeau et louent le terrain pour le pâturage. Aujourd'hui même, Papa et Finn ont dû réparer une clôture tombée pour lui.

— C'était gentil de leur part.

— Les voisins veillent les uns sur les autres par ici.

— Cet homme n'a pas de famille ?

Adam hocha la tête.

— Une fille et une petite-fille quelque part à l'est. On ne les a pas vues depuis des années. Je doute qu'elles veuillent reprendre. Brennan a promis à Papa il y a longtemps que s'il vendait, nous aurions la priorité, et maintenant mon frère Connor a aussi des vues sur cet endroit.

— Connor ? C'est lui le pilote d'hélicoptère des marines ?

— Non. C'est Ethan. Connor travaille dans le pétrole.

— C'est vrai.

Meg acquiesça.

— Les plateformes pétrolières.

— Un moyen d'arriver à ses fins. Il a toujours voulu développer l'élevage de chevaux au ranch avec son propre stock de quarter horses, mais maintenant je pense que — quand il aura assez économisé — il veut un endroit à lui. Notre sœur, Grace, faisait de la course autour des tonneaux quand elle était adolescente. Un bon cheval faisait toute la différence. L'entraînement aussi.

— Et Connor sait faire ça ?

— Plus que ça. Le gamin a toujours eu presque un don magique avec les chevaux.

Adam la conduisit plus profondément dans la grange.

D'après ce qu'elle pouvait voir, l'intérieur du bâtiment ressemblait à n'importe quelle grange ou écurie qu'elle avait vue dans diverses émissions de télévision. Une large allée centrale avec des boxes de chaque côté. À mi-chemin à travers l'espace caverneux, il indiqua nonchalamment les salles de harnachement et d'alimentation. Elle supposait que les salles d'alimentation contenaient de la nourriture. Harnachement restait un mystère. S'arrêtant, Adam plongea la main dans un récipient transparent sur une étagère et en sortit quelques morceaux beiges.

— Tiens, mets ça dans ta poche.

Suivant ses instructions, elle examina de plus près le petit bac. Tout ce qu'elle pouvait distinguer était une carotte sur l'étiquette. Avant qu'elle ne puisse poser des questions, Adam continua. Elle se dépêcha de suivre ses grandes enjambées. Dans cette partie de la grange, l'espace entre les portes des boxes semblait plus grand.

— Ces boxes sont plus grands.

— En effet.

Il acquiesça.

— Chacun a une sorte de porte arrière, donc personne n'a besoin de faire le tour du bâtiment pour entrer ou sortir du box.

— Pourquoi seulement certains ?

— Différents usages. On pourrait utiliser l'espace pour un cheval en convalescence. Ou un qui se fait intimider…

— Vraiment ? Les chevaux font ça ?

Adam laissa échapper un grognement bref.

— Parfois, nous avons plus en commun avec les animaux que nous voudrions l'admettre.

Il ouvrit la porte d'un box et entra.

— Dans ce cas, nous avions une jument pleine. Une de ses juments de base. Ça nous donne beaucoup d'espace pour quand le poulain arrive. Juste au cas où. Voici Ginger.

Le sourire éblouissant qui illumina le visage d'Adam la fit tendre le cou pour regarder avidement à l'intérieur.

— Oh là là.

Bien que Meg ne fût pas une juge fiable en matière de chevaux, l'animal qui se tenait dans le grand espace était à couper le souffle. D'une teinte luisante de cuivre foncé, la tête haute, le cheval s'avança, ses yeux s'écarquillant avec ce que Meg pensait être de la peur ou de la fureur. Quoi qu'il en soit, l'animal était magnifique.

— Doucement ma belle.

Adam caressa le cou du cheval tout en s'adressant à Meg.

— Reste légèrement sur son côté pour qu'elle puisse te voir.

Meg acquiesça mais décida que rester immobile était la conduite la plus sage. Puis son regard tomba sur la petite ombre derrière Ginger, et Meg agita joyeusement un doigt vers elle.

— Oh, regarde, un bébé.

Adam rit doucement.

— C'est Saffron. C'est une pouliche, une femelle. Les mâles sont des poulains, les femelles des pouliches.

De derrière sa mère, une petite tête apparut, observant Meg.

— Salut, Saffron, roucoula Meg.

Les oreilles de la jument tressaillirent.

— Elle est gentille. Je te promets, rassura Adam à Ginger, puis il se tourna vers Meg. — Ce serait le bon moment pour sortir les friandises de carotte de ta poche. Tends-les, ta paume parfaitement plate, et laisse-la venir à toi.

Ginger ne semblait pas tout à fait sûre de vouloir quitter sa position de garde de son poulain, mais, tendant son cou, elle dut prendre une décision car, l'instant d'après, Meg sentit les lèvres du cheval chatouiller sa paume en gobant la friandise.

— Puis-je la toucher ?

Adam acquiesça.

— Elle aime qu'on lui frotte le côté du cou. Rappelle-toi simplement de ne pas bouger trop vite et de garder tes mains où elle peut les voir.

— Salut, maman.

Meg passa sa paume le long de ce qu'elle pensait être la mâchoire du cheval.

— Toi et ton bébé êtes si jolis.

Ginger baissa la tête, puis la releva comme si elle était d'accord, ce qui fit rire Meg.

— On dirait qu'elle comprend.

Toujours souriant, Adam s'adossa contre la porte et croisa les chevilles.

— Ne laisse personne te dire le contraire. Elle comprend absolument chaque mot que nous avons dit.

La pouliche aux longues jambes noueuses sortit de

derrière sa mère, curieuse mais encore timide. Adam tendit la main, attirant le jeune cheval vers lui.

— Viens ici, petite.

— Tu vas lui donner une friandise aussi ?

Adam secoua la tête.

— Elle n'est pas encore prête pour ça. Juste une bonne grattée le long de son cou.

La vue de l'homme et de la jeune bête était fascinante. La curiosité dans la jeune vie et l'étincelle dans les yeux d'Adam.

— Tu aimes ce que tu fais.

Ce n'était pas vraiment une question.

— En effet.

Adam passa sa main le long du flanc de la pouliche.

— D'aussi loin que je me souvienne, j'ai toujours été fasciné par les animaux. Mais, contrairement à Connor — qui s'épanouissait dans l'adrénaline et l'excitation des mustangs sauvages — j'étais plus préoccupé par l'oiseau à l'aile cassée, le lapin qui avait perdu sa mère ou la portée de chats de grange. Ma mère disait que mon premier mot n'était pas Maman ou Papa. C'était poepey.

— Poepey ?

— Ce serait poney.

Meg sourit.

— Je devais avoir dix ans quand un cheval préféré a eu des difficultés à pouliner. Mon père a fait tout ce qu'il pouvait. Le vétérinaire était coincé dans une tempête à l'autre bout du comté. Nous avons réussi à sauver le poulain mais perdu la mère. C'est le jour où j'ai décidé que je voulais être vétérinaire.

— Et tu n'as jamais changé d'avis ?

Il secoua la tête.

— Je n'ai jamais regardé en arrière.

Meg ne pouvait s'empêcher de fixer Saffron, la version miniature de sa mère, qui frottait son museau contre la main d'Adam.

— Ton père a raison. C'est tout simplement incroyable.

— En effet.

Il s'éloigna et se tint près de la porte du box.

— Encore une chose à te montrer.

Meg passa sa main le long du cou de Ginger.

— Merci d'avoir partagé ton bébé avec moi.

Une fois de plus, Adam se plaqua contre la porte, lui laissant autant d'espace que possible pour passer. De l'autre côté, il s'appuya contre le mur, levant son menton vers un point à l'intérieur du box.

— Ce petit gars est arrivé ce matin.

Les joues de Meg s'étirèrent avec un autre large sourire.

À l'intérieur du box, comme un chat content, un jeune veau était couché enroulé sur un lit de foin.

— N'est-ce pas adorable ?

Adam ne répondit pas ; il se contenta d'acquiescer.

Et puis elle se rappela ce que M. Farraday avait dit. Ne les nomme pas. Meg eut le sentiment distinct qu'elle ne commanderait plus jamais de veau dans un restaurant.

— Où est sa maman ?

— C'est le premier veau de sa maman. Elle n'a pas apprécié les problèmes qu'il lui a causés et l'a rejeté. Un des cow-boys a vu la mère lui donner des coups de pied quand il essayait de téter.

— Oh, le pauvre petit.

La douleur dans son cœur pour le petit gars devait se voir sur son visage. Adam se détacha du mur et lui fit un sourire rassurant.

— Ça arrive parfois. En ce moment, il est nourri au biberon.

Le veau se mit maladroitement sur pied et traversa l'espace jusqu'où Adam s'était accroupi. À la façon dont le nouveau veau poussait les doigts d'Adam, elle savait qu'il cherchait de la nourriture, et son cœur se serra pour le petit orphelin.

Écartant ses doigts devant le veau, Adam le laissa téter quelques-uns.

— Il a mangé il y a peu, donc il n'a pas vraiment besoin de quoi que ce soit, mais il est réconforté par la succion.

Pour Meg, tout semblait si irréel. Il y a quelques jours à peine, elle avait emménagé dans un spacieux appartement dans le quartier chic de Dallas et comptait les heures jusqu'à ce qu'elle le partage avec son nouveau mari. Sa seule plainte concernant sa vie dans la grande ville était de se rendre d'un point A à un point B au milieu des fameux embouteillages de quatre heures de Dallas. Maintenant, elle se tenait dans une grange de campagne où le mot circulation n'avait aucun sens, sans parler des heures de pointe, avec un bébé vache et un bébé cheval et un homme qui semblait tout droit sorti d'un western, portant un chapeau blanc et sauvant la situation.

Mais la chose qu'elle trouvait la plus surprenante ? Pas de travailler comme serveuse, pas de vivre dans une chambre unique, pas d'acheter des vêtements chez deux sœurs qui apparemment n'avaient pas de vrais noms ou de ne pas avoir un dîner de famille traditionnel du dimanche au milieu du vrai pays de Dieu. Non. Pendant la majeure partie des deux derniers jours et très certainement depuis qu'elle était entrée dans la maison des Farraday jusqu'à ce moment, elle n'avait pas accordé à Jonathan Cox plus qu'une pensée fugace. Aussi en colère qu'elle fût contre ce salaud pour ce qu'il avait fait et pour le pétrin dans lequel il l'avait mise, elle souffrait plus pour ce pauvre petit veau perdant l'amour de sa maman que pour elle-même. Comment pouvait-elle ne rien ressentir ?

Certes, elle était encore furieuse comme pas possible et peut-être même un peu effrayée. D'accord, très effrayée. Mais elle aurait pensé qu'elle serait au moins un peu triste, déprimée, le cœur brisé. Le seul sentiment qui émergeait quand elle pensait à Jonathan était l'envie de lui tordre le cou. Qu'est-ce que cela disait sur le supposé homme de ses rêves ? Et pourquoi était-elle même légèrement préoccupée par le fait qu'avec tout ce foin, si elle heurtait à nouveau Adam, cette électricité entre eux pourrait bien mettre le feu à la grange ?

— Alors, qu'en penses-tu ? demanda Sean Farraday en regardant par la fenêtre de la porte arrière.

Brooks leva les yeux de sa tasse de café.

— À propos de quoi ?

Le patriarche de la famille Farraday jeta un coup d'œil par-dessus son épaule à son fils.

— Tu ne peux quand même pas être aussi bouché ?

— Je te demande pardon ?

— La femme. Meg. Et ton frère.

Des sourcils sombres qui reflétaient les siens s'élevèrent haut sur le front de Brooks. Souvent dans les grandes familles, chaque enfant était un peu différent, une combinaison unique de génétique maternelle et paternelle qui produisait des apparences diverses : grand, petit, mince, lourd, aux cheveux foncés, blond et autres. Puis il y avait des familles comme celle de Sean. On ne pouvait pas se tromper sur un fils Farraday. Ou une fille.

— Meg semble assez sympa, mais je n'utiliserais pas son nom et celui d'Adam dans la même phrase.

— Je ne sais pas, répondit Sean en reportant son regard sur le terrain à l'extérieur.

Ses fils vieillissaient tous, et pas un seul ne montrait de signe qu'il allait se poser. Non pas que ses fils vivaient comme des hermites, mais Sean n'avait encore vu aucune femme rester dans la vie de l'un de ses fils plus qu'un court moment.

Depuis que sa femme était décédée, travailler aux côtés de ses garçons, les regarder devenir des hommes forts et fidèles, avait été la plus grande joie de sa vie. Il détesterait penser que l'un d'entre eux passerait à côté de ce que lui et Helen avaient eu. L'idée que même l'un des garçons pourrait ne pas trouver de compagne et s'installer commençait sérieusement à l'inquiéter.

Mais, avec cette petite rousse, Sean voyait dans les yeux de son fils aîné, lorsqu'il regardait cette jeune femme, un feu qu'il n'avait encore jamais vu chez aucun de ses fils, et cela lui donnait une lueur d'espoir. Ce n'était pas bon pour ces gaillards d'être seuls. Et cette petite demoiselle était aussi irlandaise qu'on pouvait l'être. Sean soupçonnait qu'il y avait un tempérament qui accompagnait cette chevelure. Comme sa Helen, le caractère de feu était bon. De bien des façons. Mais, autant qu'il aimait Meg, son instinct lui disait que quelque chose clochait sérieusement, et il espérait, quoi que ce fût, que ça n'attirerait pas d'ennuis à ses garçons.

CHAPITRE HUIT

Une hanche posée sur le coin du vieux bureau en chêne, D.J. faisait face à Reed, l'officier de service.

— Racontez-moi encore exactement ce qui s'est passé. Et n'omettez aucun détail.

— Un type est entré. Il m'a brandi un badge de détective privé sous le nez et l'a refermé si vite que si j'avais vraiment essayé de le lire, mon nez aurait fini dans sa poche.

— Que voulait-il exactement ?

— Il avait une photo de la nouvelle serveuse. Il a dit qu'elle était recherchée pour interrogatoire dans une enquête du FBI.

— A-t-il dit pourquoi il la cherche ?

Reed haussa les épaules.

— Il a bien esquivé la question. Mais à en juger par la Jaguar dernier modèle dans laquelle il est arrivé, quelqu'un est prêt à dépenser beaucoup d'argent pour la retrouver.

Quand D.J. avait vérifié les plaques d'immatriculation de Meg hier pour Adam, rien n'était apparu concernant d'éventuels antécédents ou mandats en cours. Si elle faisait vraiment partie d'une enquête plus importante, cela nécessiterait des recherches plus approfondies pour le découvrir.

— Que lui avez-vous dit ?

— Qu'il pouvait laisser une copie de la photo ici avec ses coordonnées. Si elle passait par ici, nous lui passerions un coup de fil.

Intéressant qu'après seulement deux jours, pratiquement tout le monde en ville, y compris Reed, ait formé un cercle de protection autour de sa plus récente résidente. Personne ne semblait se soucier de qui elle était, d'où elle venait ou de combien de temps elle resterait.

— A-t-il laissé ses coordonnées ?

Reed tendit à D.J. une carte de visite gaufrée. L'officier avait raison sur un point : quelqu'un se fichait du coût pour retrouver Meg O'Brien.

L'adresse était à San Antonio. La voiture de Meg était immatriculée à Dallas. Une vérification des antécédents de l'agence de détectives s'imposait. Pas besoin d'être un génie pour comprendre que quelque chose clochait dans tout ce scénario. Meg semblait être une fille bien. Vraiment. Mais qu'elle n'avait aucune expérience dans le monde de la restauration était évident pour n'importe quel idiot.

À voir la façon dont elle se comportait à table, D.J. aurait parié le ranch que cette femme n'aurait eu aucun problème à dîner avec le président des États-Unis. Elle aurait probablement de meilleures manières que lui, par-dessus le marché. Son dos était droit comme une tige. Elle ne se penchait jamais vers son assiette ; sa fourchette venait toujours jusqu'à sa bouche. La serviette avait trouvé son chemin sur ses genoux dès qu'elle s'était assise et, quand elle ne coupait pas sa nourriture, son autre poignet restait au repos sur ses genoux. Meg ne prenait pas des airs et ne pratiquait pas les leçons de bienséance de la sixième. Question d'habitude. Ce qui laissait les questions : qui était-elle vraiment et pourquoi quelqu'un la recherchait-il ?

L'émerveillement sincère dans les yeux de Meg lorsqu'ils avaient rendu visite au nouveau poulain et au veau faisait sourire Adam de l'intérieur. Chaque fois qu'il était en contact avec une nouvelle vie, ce même sentiment d'émerveillement le submergeait. Rien dans le miracle de la vie n'était banal ou ordinaire, et il avait vraiment apprécié de voir cela se refléter dans chaque réaction de Meg. En revenant vers la maison, il dut enfoncer ses mains dans ses poches pour résister à l'envie de tendre la main pour prendre la sienne.

— Je suppose qu'il n'y a pas — Meg ralentit son pas — de bibliothèque ou de cybercafé en ville ?

À la façon dont un côté de son visage se plissait quand elle posait la question, il avait le sentiment qu'elle connaissait déjà bien la réponse.

— J'en ai peur. Il y a une bibliothèque du comté à Butler Springs.

Ses sourcils se froncèrent, et ses lèvres se glissèrent étroitement entre ses dents.

— De quoi as-tu besoin ?

— Je… n'ai pas eu l'occasion de… appeler à la maison. J'ai, euh… perdu mon portable et j'espérais envoyer un e-mail en attendant d'en avoir un nouveau.

— Abbie a le Wi-Fi au café. Si tu as déjà un forfait, je crois que les sœurs vendent des téléphones.

S'arrêtant net, Meg tourna dans sa direction, les bras grands ouverts, les paumes vers le haut.

— Ont-elles des vrais noms ?

Adam ravala un rire franc, soufflant bruyamment par les côtés de la bouche.

— Tante Eileen connaît probablement la réponse. Mais, aussi loin que je me souvienne, elles ont possédé cette boutique, et tout le monde les a appelées Sissy et Sister.

— D'autres frères et sœurs ?

Meg avança à nouveau.

— Non. Juste elles deux. Presque à la porte arrière, il sortit son téléphone de sa poche.

— N'hésite pas à appeler chez toi si tu veux.

Mordillant un coin de sa bouche, Meg fixa le téléphone si longuement et intensément qu'il se demanda ce qui se passait avec elle.

— Il y a un problème ? hasarda-t-il, craignant de trop insister et de briser le rapport facile qu'ils avaient partagé dans la grange.

— Non. Non. Merci.

Des doigts hésitants prirent le téléphone en main.

Il la regarda composer *67 puis composer un numéro. Donc elle ne voulait pas que sa famille, ou qui que ce soit qu'elle appelait, voie son numéro de téléphone. Il devrait demander à D.J. de creuser un peu plus dans la vie de Meg. C'était une chose de ne pas vouloir traiter avec l'homme qu'elle n'avait pas épousé. Et il n'y avait rien de trop bizarre à vouloir prendre ses distances avec ledit homme, mais éviter la famille ? Il ne pouvait pas imaginer ne pas contacter son père ou ses frères s'il avait des problèmes.

Meg fit quelques pas de côté, hors du sentier, tenant le téléphone contre une oreille, son doigt dans l'autre. Il était partagé entre lui accorder l'intimité qu'elle voulait clairement et glaner toutes les informations qu'il pouvait sur cette femme unique. Ses épaules se voûtèrent comme si elle créait un mur protecteur, et il savait que, qu'elle le veuille ou non, elle parlait maintenant à quelqu'un de chez elle.

— Maman, c'est moi. J'ai seulement une minute. Je veux que tu saches que tout va bien. Je vais bien. S'il te plaît, ne me cherchez pas. Dis à papa de ne pas envoyer les troupes. J'ai juste besoin d'un peu de temps. Je t'aime.

Meg raccrocha aussi vite qu'elle le put. Non pas que quelqu'un traçait les appels, mais elle ne savait pas vraiment comment fonctionnait la traçabilité des appels, et elle ne voulait simplement pas être retrouvée. Pas encore.

Redressant sa colonne vertébrale, elle se retourna pour faire face à Adam. L'homme était bien trop beau pour son propre bien. Ou pour le sien.

Bon sang, les trois frères étaient taillés dans le même moule. Cheveux bruns ondulés, yeux de rêve et mâchoires carrées solides, le tout emballé dans des corps musclés de plus d'un mètre quatre-vingts. Pas de mauviettes parmi les Farraday. Même le père — la seule différence entre Sean Farraday et ses fils étaient les mèches grises parsemant ses cheveux et les rides profondes s'étendant depuis les coins de ses yeux. C'était un homme qui avait travaillé dur en plein air et qui n'avait pas eu peur de rire de ce que la vie lui avait réservé.

Mais c'était le sourire d'Adam qui envoyait des papillons voltiger dans son estomac, rendait ses paumes moites et faisait courir des frissons d'anticipation le long de sa colonne vertébrale. Elle devait se ressaisir et se concentrer sur sa situation. Plus tôt que tard, elle retournerait à Dallas, et Adam Farraday ne serait rien de plus qu'un souvenir. Un souvenir très vif. Reprenant le sentier, elle tendit le bras, lui présentant le téléphone portable.

— As-tu pu joindre quelqu'un ?

Adam glissa le téléphone dans sa poche et pivota vers la maison, attendit qu'elle se mette à ses côtés.

— Messagerie vocale.

Elle savait parfaitement que sa mère était peu susceptible de répondre à un appel si elle ne reconnaissait pas le numéro. Et un appelant non identifié marqué Privé était immédiatement ignoré.

— J'ai laissé un message. Je rendrai visite aux sœurs demain après le travail. Pour voir à propos d'un nouveau téléphone.

Les deux dames semblaient avoir tout ce dont un résident de la ville pourrait avoir besoin. Si Adam se trompait à propos des téléphones, elle pourrait essayer la quincaillerie. En supposant que toutes les séries policières à la télé ne se trompent pas, ces téléphones prépayés jetables étaient impossibles à tracer. Pour l'instant, ça lui convenait.

— Salut, papa. Adam suivit Meg dans la cuisine. — Où est Brooks ?

Avant que Sean Farraday ne puisse répondre, Tante Eileen arriva du couloir, tenant un jeu de cartes.

— Il semble que nous ayons perdu un autre joueur. Le plus jeune des Chapman est tombé d'un arbre. Ils pensent que son bras est cassé. Brooks est en route pour les voir.

— Il fait des visites à domicile ? Bonté divine, cet endroit était vraiment un retour dans le temps.

— Il se dirige vers la ville, expliqua le père d'Adam. Si c'est quelque chose que Brooks peut gérer sans radiographie, alors il épargnera à tout le monde un déplacement. Sinon, ils iront à l'hôpital de Butler Springs pour la radiographie et la remise en place.

— C'est assez loin pour un bras cassé.

— Un jour, il aura une installation comme Adam ici, tout ce dont la ville a besoin sous un même toit. Mais pour l'instant, nous avons plus d'animaux dans ces régions que de personnes.

— Quelle est exactement la taille de Tuckers Bluff ?

— Nous avons plus de cinq cents familles. Plus de trois mille personnes. Et nous avons aussi l'école.

— L'école ?

Eileen leva le menton avec fierté.

— Le Tucker Independent School District. Il accueille de la maternelle à la terminale pour Tuckers Bluff et deux communautés plus petites à proximité.

Adam se pencha vers elle et chuchota :

— Un seul bâtiment.

— J'ai entendu ça. Le nouveau lycée sera prêt l'automne prochain.

Eileen lança à son neveu un regard en coin, puis se tourna vers Meg.

— Es-tu partante pour un petit jeu de cartes et une part de tarte ?

— Oh, je ne sais pas.

Meg pouvait sentir les calories s'installer confortablement sur ses hanches tandis qu'elle regardait le dessert fait maison.

— Je dois me lever très tôt pour mon service demain.

— Je les ai faites moi-même cet après-midi, tenta Eileen.

— Les tartes aux myrtilles d'Eileen remportent le ruban bleu à la foire chaque année. Les meilleures de ce côté-ci du Mississippi.

La façon dont Sean Farraday rayonnait, on aurait pu croire qu'il avait lui-même préparé les tartes.

— Peut-être une part et une partie rapide, accepta Meg, jusqu'à ce que Brooks revienne.

— Oh, il ne revient pas.

Eileen posa un jeu de cartes sur la table à côté de la tarte.

— Adam te raccompagnera.

Prenant un couteau dans un tiroir proche, Tante Eileen sourit à son neveu.

— Ça ne te dérange pas, n'est-ce pas ? Puisque vous allez tous les deux dans la même direction.

Les épaules d'Adam se raidirent, et le sourire facile de tout à l'heure se transforma en quelque chose de plus formel, artificiel.

— Non, madame. Ça ne me dérange pas du tout.

Alors pourquoi Meg avait-elle la nette impression qu'Adam Farraday aurait préféré jouer avec un scorpion plutôt que de faire une heure de route jusqu'à la ville — encore — avec elle ?

CHAPITRE NEUF

— Ta tante devrait jouer à Vegas. Meg attacha sa ceinture de sécurité.

— A-t-elle perdu une seule partie ?

— Peu probable. Le seul joueur qui la dépasse, c'est mon père, et ça fait des années que je ne l'ai pas vu remporter plus qu'un pot symbolique.

— C'était comme si elle connaissait nos cartes.

— C'était probablement le cas. Tante Eileen et le Club Social de l'Après-midi des Dames de Tuckers Bluff ont leur partie de cartes au café depuis aussi longtemps que je m'en souvienne.

— Je les ai vues hier, remarqua Meg en fronçant les sourcils. Mais certaines de ces dames ne semblaient pas si âgées.

— Non. Le groupe change de temps en temps. Sally May Henderson et Dorothy Wilson sont membres fondatrices. Ces deux-là et ma tante Eileen devraient être à l'article de la mort pour manquer une partie. Nora Brown est la plus jeune membre officielle. Elle ne rate jamais un samedi.

— Combien de femmes font partie du club ?

— Difficile à dire. Les gens vont et viennent. Ces dix dernières années, le comté s'est développé plutôt que rétréci. Bien que l'objectif du club semble s'être déplacé pour se concentrer davantage sur la partie sociale. Les dames étaient plus actives quand j'étais enfant, car la plupart des mères restaient à la maison. À cette époque, elles organisaient toutes sortes d'activités communautaires. Tout, depuis la collecte de fonds pour ce qui est maintenant l'école locale jusqu'à des réunions de couture. Quand quelqu'un avait un nouveau bébé, elle recevait une courtepointe faite main.

Adam se rappelait combien sa mère avait été excitée quand le club avait travaillé sur la courtepointe de Grace. Après six garçons, sa mère était aux anges d'avoir une petite fille. Même après toutes ces années, son cœur se serrait en pensant aux nombreuses choses que sa mère n'avait jamais pu voir.

— Ça va ? demanda Meg en se tournant sur son siège.

— Quoi ?

— Tu es devenu silencieux. Sérieux.

— Désolé.

Elle desserra sa ceinture de sécurité, se tournant complètement, s'appuyant contre la portière et sourit.

— Un sou pour tes pensées ?

Adam fixait la route grise devant lui. Normalement, il aurait détourné la conversation de lui-même et de sa famille, mais il se surprit à vouloir partager.

— La courtepointe de ma sœur Grace a été la dernière que le club social a réalisée en groupe. Ma mère a développé une infection. Elle est devenue septique. Elle est morte dix jours après la naissance de Grace.

— Maintenant c'est moi qui suis désolée. Quel âge avais-tu ?

— Douze ans.

Les lèvres serrées, Meg ne dit pas un mot au début.

— C'est pour ça que ta tante Eileen vit au ranch ?

Adam acquiesça.

— C'est la sœur de ma mère. Elle est arrivée la semaine avant la naissance de Grace et a été là pour nous chaque jour depuis.

— Je sais qu'on n'a passé qu'un après-midi ensemble, mais j'aime bien ta tante. Maintenant, je crois que je l'aime encore plus.

— Je n'imagine pas ce qu'auraient été nos vies si elle n'avait pas été là. Grace aurait probablement grandi pour devenir une wrangler si cela avait été laissé aux hommes Farraday.

— Eh bien, si tu y réfléchis, avec un diplôme en droit,

elle fera juste un autre genre de rodéo.

Un rire jaillit du fond de son ventre. Meg avait dit exactement ce qu'il fallait pour le sortir de son moment de mélancolie.

— Je dois admettre que j'ai hâte de voir le premier avocat qui se confrontera à ma sœur. Elle est peut-être la plus petite de la famille, mais c'est une boule de feu.

— Ça doit être l'Irlandais en elle. Les yeux de Meg brillaient d'une compréhension complice.

— Avec ces cheveux roux, tu dois le savoir. Parle-moi de tes parents. Sont-ils tous les deux irlandais ?

Meg secoua la tête.

— Seulement mon père. Je tiens de lui les cheveux roux et le tempérament de feu.

— Alors tu as bien un tempérament ?

Une rougeur rosée envahit ses joues.

— Si tu me pousses trop loin.

Il résista à l'envie de se tortiller sur son siège pour faire un peu plus de place dans son jean et se demanda plutôt ce que ce serait de pousser les boutons de Meg O'Brien.

Bien qu'il ne soit pas beaucoup plus tard que le coucher du soleil quand ils arrivèrent au café, toutes les lumières étaient éteintes et le restaurant était clairement fermé.

— Le dimanche est le seul jour de congé d'Abbie, expliqua Adam.

— Mais elle a ouvert ce matin.

Adam hocha la tête et, se garant près de la porte arrière, mit le camion en position de stationnement.

— Certaines personnes viennent manger après l'église. Pas une grande foule. Quelques personnes viennent tôt pour le petit-déjeuner et se dirigent ensuite vers l'église. Mais, vers le milieu de l'après-midi, l'endroit est vide et Abbie rentre chez elle.

— Un après-midi ne semble pas être un repos suffisant pour qui que ce soit.

— Beaucoup de gens ici seraient d'accord avec toi. Elle travaille sept jours sur sept, de l'ouverture à la fermeture, et ce depuis qu'elle a acheté l'endroit il y a quelques années.

— Elle ne prend probablement pas de vacances non plus, n'est-ce pas ? Les rouages rouillés de son esprit commençaient à tourner. Tout le monde avait besoin de temps libre.

— Je ne peux pas dire qu'elle en a pris.

Adam sortit du siège conducteur et fit le tour jusqu'au côté de Meg avant qu'elle ne puisse descendre.

— Laisse-moi t'aider.

Les mêmes mots avaient été prononcés quand elle était descendue de l'énorme véhicule dans sa robe de mariée, mais à ce moment-là, elle était encore furieuse contre Jonathan Cox et avait à peine remarqué les mains fortes qui tenaient sa taille, la déposant lentement sur le sol solide.

— Merci.

— Tu t'es bien installée ? Tu as besoin de quelque chose ?

Soulevant le sac de restes que tante Eileen avait insisté pour qu'elle rapporte, Meg secoua la tête en riant.

— Je crois que ta tante a oublié que je vis au-dessus d'un restaurant. J'ai assez de nourriture ici pour tenir jusqu'au prochain millénaire.

Les lèvres d'Adam se courbèrent en ce sourire paresseux qui faisait faire des saltos à son estomac.

— Elle aime nourrir les gens. Mais je voulais parler de l'étage.

Il montra le deuxième étage du café.

— Je sais que c'est utilisé plus pour le stockage qu'autre chose. Tu y es assez confortable ?

— Plus que suffisamment. L'endroit ne se comparait pas au bel appartement qu'elle avait quitté. Il lui avait fallu des mois pour choisir les bons meubles pour chaque pièce. Au final, elle avait un mélange éclectique de traditionnel et de moderne. La combinaison parfaite pour un jeune couple vivant au cœur de la ville. Et pourtant, après seulement quelques jours de vie simple à la campagne, entourée de vaches et de chevaux, et d'hommes séduisants en jeans et

Stetsons, le chic lieu urbain semblait perdre rapidement de son attrait.

Et maintenant, réfléchissant à l'appartement, elle réalisa qu'elle avait encore une chose à découvrir — à quel nom et avec quel argent le loft contemporain du centre-ville avait été acheté. Chaque fois qu'elle pensait à ce que Jonathan avait fait, et à ce que cela pourrait signifier pour elle et sa famille, sa mâchoire se serrait assez fort pour fissurer une molaire.

— Ça va ?

Adam se pencha en avant, les pieds légèrement écartés, la main droite à mi-chemin entre eux. Il semblait prêt à bondir en action d'urgence si elle commençait à écumer ou à éclater un vaisseau sanguin.

Les deux étaient également possibles si elle continuait à se concentrer sur son salaud d'ex-fiancé.

— Désolée. Je pensais juste à sortir les poubelles.

— Je vois.

Adam recula d'un pas.

— Assure-toi de me faire savoir si tu as besoin d'aide pour soulever des choses lourdes.

Une image d'Adam tenant Jonathan Cox, soucieux de son apparence, haut au-dessus de sa tête comme une barre d'haltères de compétition, surgit dans l'esprit de Meg aussi clairement que l'homme debout devant elle, semblant de plus en plus confus à chacune de ses pensées.

Elle retint un sourire.

— Je le ferai certainement. Promis.

Apparemment satisfait, Adam acquiesça.

— Je vais te raccompagner jusqu'en haut. Il est encore assez tôt, mais je parie que tu es prête à te mettre au lit…

Les grands yeux bleus de l'homme s'arrondirent comme deux grands yeux de décoration d'Halloween.

— Je veux dire…

Meg leva la main.

Cette fois, elle laissa son sourire se montrer.

— Je sais ce que tu voulais dire. Et me raccompagner jusqu'en haut des escaliers n'est pas nécessaire.

— Dis ça à mon père et à tante Eileen.

Ignorant complètement sa protestation, il posa sa main au bas de son dos et la guida en avant.

À travers ses couches de vêtements, elle pouvait sentir la pression chaude de sa main. Elle dut se forcer à avancer et à ne pas se pencher en arrière dans sa force. Soudain, tenir sur ses deux pieds semblait être plus de travail qu'elle n'en était capable. Mais s'appuyer sur Adam Farraday était totalement hors de question. Peu importe combien d'étincelles et de picotements s'installaient chaque fois qu'il était proche. Elle ne ferait plus jamais confiance à un homme pour quoi que ce soit. Jamais.

En haut des escaliers, elle utilisa la clé qu'Abbie lui avait donnée pour déverrouiller la porte.

— Merci pour le trajet.

— Tout le plaisir est pour moi.

Il ne montrait aucun signe de mouvement. Pour une fraction de seconde, elle se demanda s'il attendait une invitation à l'intérieur. Bien que, à la façon dont il inclina légèrement la tête en arrière, elle réalisa qu'il attendait simplement qu'elle entre et ferme la porte.

Les manières campagnardes. Elle pourrait certainement s'y habituer. Lui souriant, elle poussa doucement la porte jusqu'à ce qu'elle soit fermée, ne voulant pas vraiment placer la barrière de bois dur entre eux.

Dès que le loquet claqua, elle se fraya un chemin à travers le parcours d'obstacles de boîtes et de meubles éparpillés pour se percher près de la fenêtre avant, attendant que le moteur de l'énorme camionnette rugisse et que les phares percent la nuit noire.

Son regard resta fixé sur le camion blanc tandis qu'il s'éloignait du café, faisait demi-tour, et, quittant le parking, traversait l'étroite route pour entrer dans sa propre allée. Se disant que s'assurer qu'il rentre en sécurité n'était pas différent de lui qui la raccompagnait en sécurité, elle garda son regard fixé sur la clinique. Et cette année, l'été au Texas serait frais et venteux. Bien sûr.

Mort de fatigue et pourtant bien éveillé, Adam traîna son derrière dans les escaliers de sa clinique jusqu'à ses quartiers privés. Le trajet de retour avait été agréable et beaucoup plus léger qu'il ne s'y attendait. Au début, Meg semblait tendue, nerveuse, presque effrayée. Il s'était fait un point d'honneur d'éviter les questions brûlantes : d'où venait-elle, pourquoi était-elle apparue au milieu de la nuit comme un ange statuesque et pourquoi s'installait-elle dans une petite ville au lieu de se précipiter vers la grande ville ? Au moment où ils avaient atteint la ville, elle souriait et bavardait avec lui comme s'ils avaient été voisins toute leur vie.

En cours de route, ils avaient partagé leurs couleurs préférées : celle de Meg était le bleu. Leurs aliments préférés ? Meg avait un faible pour tout ce qui était parfumé à la citrouille. Surtout si cela avait quelque chose à voir avec la crème glacée à la vanille. Mais il n'avait rien appris de plus révélateur sur cette femme qui apparaissait dans son monde de nulle part. Aucun indice quant aux raisons de la robe de mariée ou pourquoi elle conduisait sur une route isolée au milieu de nulle part. Passer ce petit moment seul n'avait rien fait pour dissiper ses doutes qu'elle se cachait de quelqu'un ou de quelque chose. Chaque minute passée seule avec cette rousse frappante n'avait fait que le rendre incroyablement plus curieux.

CHAPITRE DIX

Lundi après-midi, Meg avait acheté un téléphone portable prépayé jetable puis était restée éveillée beaucoup trop tard la nuit dernière à surfer sur Internet. Retrouver chacun des comptes communs qu'elle partageait avec Jonathan s'était avéré plus difficile qu'elle ne l'avait prévu. La plupart des mots de passe avaient été changés, et ceux qui ne l'avaient pas été dressaient un portrait misérable de sa situation financière.

Elle ne comprenait pas pourquoi tous ses comptes, sauf un, avaient été siphonnés par son ex. Même s'il s'agissait de son argent, ce compte était au nom de son père et d'elle-même depuis son enfance. C'était très probablement la seule chose qui l'avait sauvé des mains avides de Jonathan. Mais cela l'amenait tout de même à se demander, si Jonathan avait utilisé ses cartes de crédit pour ses diverses extravagances, qu'avait-il bien pu faire du reste de ses économies ? Elle avait soupiré, plus d'une fois, après un vrai clavier, un écran de taille normale et une imprimante.

Démêler ses finances n'était qu'une partie de son problème. Elle devait suivre ce qui se passait chez elle. Avec un peu de chance, les alertes Google l'aideraient à déterminer quand elle pourrait rentrer sans risque. Comme elle n'avait pas encore trouvé le moyen d'accéder à son seul compte bancaire viable sans révéler sa position à sa famille, elle devrait compter sur son salaire de serveuse pour régler la facture astronomique du mécanicien qui l'attendait.

Eileen Callahan se glissa par la porte du café en faisant un signe de la main.

— Tu es jolie comme une image.

— Merci. Tu viens pour un petit déjeuner tardif ?

— Oh, non. C'est mardi.

Meg hocha la tête. Si hier était lundi, alors aujourd'hui était bien mardi.

— Les autres filles devraient arriver d'une minute à l'autre. Je vais prendre une tasse de café et une part de tarte aux pommes de Frank en attendant.

Eileen se débarrassa de sa veste et se dirigea nonchalamment vers la même table où elle se trouvait lors de l'arrivée de Meg en ville la semaine dernière.

Derrière le comptoir, Abbie fit un signe à la matriarche des Farraday.

— Tu vas prendre de la tarte de Frank aujourd'hui ?

— Je l'ai déjà commandée à Meg.

Eileen désigna Meg de son pouce.

— Tu as une bonne petite serveuse ici, Abbie. J'espère que tu le sais.

Abbie rit à la remarque de la femme plus âgée.

— Si je ne le sais pas, je suis plus bête que la crotte d'un âne.

Les deux femmes rirent de plus belle et, malgré l'analogie peu flatteuse, Meg sourit aussi. Dans un exercice d'équilibre, elle porta l'assiette de tarte et la tasse de café pour Eileen d'un bras et la carafe pour remplir les tasses des autres clients de l'autre main. Un sentiment disproportionné d'accomplissement la fit sourire largement d'avoir réussi à atteindre la table d'Eileen sans envoyer la vaisselle s'écraser au sol.

— Désolée d'être en retard.

Une petite femme âgée aux cheveux bruns bouclés et au pas alerte se glissa à côté d'Eileen.

— Je me suis arrêtée à la clinique. Un jour, Becky apprendra à faire ses propres ourlets.

— Au moins, tu as une petite-fille qui a besoin de toi.

Eileen plongea sa fourchette dans la tarte fraîchement cuite.

— Oui, enfin, je suppose, acquiesça l'autre femme à contrecœur.

Meg était un peu débordée quand les dames avaient joué aux cartes samedi. Il n'y avait aucune chance qu'elle se souvienne du nom de cette femme.

— Que désirez-vous ce matin ?

— J'adorerais une part de cette tarte. La tarte aux pommes est la meilleure de Frank.

— Une autre part de tarte aux pommes, c'est noté.

Meg glissa le carnet dans son tablier et pivota sur ses talons. Au moment où elle servait une autre part, la table du fond bourdonnait déjà de bavardages et d'activité. Et de cartes. Apparemment, la partie de poker régulière du samedi matin comprenait également une partie occasionnelle en semaine. Bien que Meg soupçonnât que la présence d'une nouvelle serveuse en ville ait pu contribuer à cette partie particulière du mardi matin.

Quelques heures plus tard, quand Adam franchit la porte du café, Meg courait à toute vitesse, essayant de suivre le rythme des clients. Il regarda autour de lui les tables bondées, et cela réchauffa le cœur de Meg de voir son sourire s'élargir quand il repéra sa tante. À en juger par la pile de jetons de poker devant Eileen Callahan, la femme était sur une bonne lancée. Pourtant, ses instincts maternels avaient dû se manifester car, juste au moment où le regard d'Adam se posait sur elle, Eileen leva les yeux pour lui rendre son sourire.

L'attention d'Adam passa de sa tante au comptoir que Meg essuyait et il lui adressa ce sourire ravageur. Elle en perdit presque le souffle. Ce sourire était certainement répertorié quelque part comme une arme mortelle. Il avait probablement laissé une traînée de cœurs brisés à travers la ville. Elle pouvait sentir la chaleur instantanée qui parcourait ses veines.

Balançant une jambe pour enfourcher le tabouret devant elle, Adam attrapa un menu à proximité. Meg ne voyait pas bien pourquoi. Tous ceux qui entraient semblaient avoir mémorisé chaque plat.

— Tu déjeunes seul aujourd'hui ?

Pourquoi avait-elle demandé cela ? Avec qui il déjeunait ne la regardait pas.

— J'ai juste le temps de prendre des plats à emporter pour le bureau.

— Oh, je vais vérifier si c'est prêt.

Elle s'apprêtait à se diriger vers la cuisine quand sa main se leva pour l'arrêter.

— Pas besoin. Je n'ai pas passé commande par téléphone.

— Oh.

Elle hocha la tête.

— Eh bien, dis-moi ce que je peux te servir, et je demanderai à Frank de s'en occuper en priorité.

Il lui adressa à nouveau ce sourire éclatant, et elle dut se mordre la joue pour s'empêcher de lui sourire en retour. Elle nota sa commande et lui servit un thé glacé pendant qu'il attendait la nourriture. Meg fit de son mieux pour continuer son travail comme s'il n'était pas là, mais comment ignorer un homme comme Adam Farraday et l'effet que ce sourire avait sur elle ?

— Comment tu t'en sors ? demanda-t-il quand elle passa derrière le comptoir pour faire une nouvelle cafetière.

— Pas mal.

— Tu sembles t'y faire.

Elle glissa le café préemballé dans la machine et se tourna pour lui faire face.

— La partie la plus difficile est d'apprendre le nom de tout le monde. Il n'y a pas une personne ici qu'Abbie ne connaisse pas.

— Elle vit à Tuckers Bluff depuis bien plus longtemps que toi.

Adam haussa les épaules.

— Je sais, mais quand même…

— Je peux peut-être t'aider.

Il posa sa boisson et fit signe à Meg de se pencher plus près.

— De qui ne connais-tu pas le nom ?

— Eh bien…

Elle se mordit la lèvre et regarda autour d'elle. Les

tables se vidaient, et elle avait retenu pas mal de noms.

— Les femmes qui jouent aux cartes avec ta tante. Celle aux cheveux bruns bouclés ?

— Dorothy Wilson. Sa petite-fille Becky travaille pour moi.

Meg hocha la tête.

— Et la femme à côté d'elle, c'est Nora, c'est ça ?

Souriant à nouveau, Adam acquiesça.

— C'est exact.

— Elle aime le thé non sucré avec du Splenda.

— Tu vois ? Tu te débrouilles très bien. Même si je n'ai aucune idée de ce qu'elle aime boire.

Cette fois, elle lui rendit son sourire. L'une des choses qui l'avait toujours distinguée dans tous les hôtels où elle avait travaillé était sa capacité à se souvenir des noms. Ceux de ses employés comme ceux de la clientèle. Mais généralement pas tous en même temps.

— Merci. J'essaie vraiment.

La sonnette tinta dans la cuisine, et Meg savait que c'était forcément la commande d'Adam. Bien qu'elle aurait aimé bavarder un peu plus longtemps, elle s'éloigna du comptoir et se précipita pour récupérer le grand sac en papier brun.

— Tu t'en sors, ma chérie ?

Abbie leva les yeux de la commande qu'elle prenait à une table pleine d'adolescentes.

— Pas de problème.

Meg avait utilisé la caisse enregistreuse plusieurs fois ce matin, et c'était assez simple.

Adam la suivit jusqu'au bout du comptoir. Il ne lui fallut que quelques secondes pour encaisser les repas tandis qu'il sortait son portefeuille de sa poche arrière. Elle essaya de ne pas le fixer, mais c'était assez difficile de ne pas remarquer la coupe de son jean. À Dallas, elle aurait deviné que c'était le corps d'un homme qui s'entraînait à la salle de sport. Et souvent. Mais ici, elle avait le sentiment que ces muscles toniques venaient d'un travail physique acharné.

— Voilà.

Tenant quelques billets, sa main s'avança. Le plus léger

des contacts lorsqu'elle récupéra l'argent de sa paume suffit pour que les mêmes étincelles qui avaient parcouru son dos lors du dîner l'autre soir fassent une nouvelle apparition. À la façon dont ses yeux s'écarquillèrent brièvement et dont ses narines se dilatèrent, il était probable qu'il avait ressenti le même choc.

Une bouffée de chaleur monta à ses joues, et elle pressa presque ses mains contre son visage dans une tentative futile de se refroidir. Plaçant l'argent dans le tiroir, elle fit glisser le sac devant Adam.

— J'espère que tout le monde appréciera.

— Nous apprécierons.

Il mit son chapeau sur sa tête et, touchant le bord d'une main, inclina rapidement le menton.

— Merci encore.

Elle garda les yeux fixés sur lui tandis qu'il sortait. Alors qu'il traversait la rue, elle se rendit compte qu'elle le fixait. Inspirant profondément, elle reporta son attention sur la cafetière. Elle avait d'autres choses à faire que de rêvasser à propos d'un beau cow-boy, comme s'occuper de ce groupe d'adolescentes. La cafetière fraîche prête, elle saisit la carafe et, faisant de son mieux pour chasser Adam Farraday de son esprit, fit le tour des tables, en commençant par celle des joueuses de poker.

Cartes en main, les dames à la table devinrent étonnamment silencieuses lorsque Meg s'approcha.

— Quelqu'un veut encore du café ? Nora, encore du thé ?

Plusieurs têtes hochèrent. Eileen fut la première à parler.

— Je vois qu'Adam est venu chercher le déjeuner pour la clinique.

Cela semblait assez évident. Meg acquiesça.

— C'est plutôt inhabituel.

Dorothy souleva une poignée de jetons de poker.

— Je vois et je relance de cinq.

— Je me couche.

Nora posa ses cartes sur la table.

— J'ai toujours pensé que quelque chose se passerait

entre lui et Becky. Tu sais, vu la façon dont ils semblent toujours se taquiner. Très amical pour un patron et son employée.

Tentée de regarder à nouveau par la fenêtre et se demandant quelle part de vérité il y avait dans les observations de Nora, Meg remplit ensuite le verre de Nora.

— Ne sois pas bête, ajouta Eileen, en jetant quelques jetons dans le pot. Toute la ville sait que Becky est amoureuse de mon Ethan depuis qu'elle est haute comme trois pommes.

— Et ton Ethan doit encore se réveiller et comprendre quel bon parti est ma fille.

Dorothy posa ses cartes et sourit.

— Full aux dames.

Tout le monde à la table gémit tandis que Meg remplissait la dernière tasse et passait à une autre table. Cette fois, elle laissa son regard dériver vers les grandes fenêtres et se poser sur la clinique vétérinaire de l'autre côté de la rue. Avec tout ce qu'elle devait gérer, elle n'avait pas besoin d'ajouter un cow-boy beau à damner à la liste. N'avait-elle pas déjà tiré les leçons du passé ? La dernière chose dont elle avait besoin était un homme. Surtout un qui faisait tourner ses sens et lui coupait le souffle. Non, Adam Farraday était vraiment une très mauvaise idée.

CHAPITRE ONZE

— Comment se débrouille-t-elle ? demanda Becky, perchée sur un tabouret de comptoir, en désignant Meg du menton.

Abbie remplit son verre presque vide de thé glacé sucré.

— Elle s'adapte. Elle apprend vite.

— Elle semble bien s'intégrer.

Pendant toute cette semaine et la précédente, depuis qu'elle avait vu Meg s'affairer le premier jour, Becky avait eu l'intention de passer se présenter correctement à la nouvelle serveuse, mais les jours s'étaient enchaînés sans qu'elle le fasse. Comme la serveuse elle-même excellait à éviter les questions personnelles tout en restant amicale, les commérages allaient bon train en ville, avec toutes sortes de spéculations. Selon Ned, elle était arrivée à son magasin il y a presque deux semaines à l'aube, vêtue d'une robe de mariée qu'elle avait ensuite jetée à la poubelle. À partir de là, les choses devenaient un peu floues.

Un groupe affirmait qu'elle avait été abandonnée à l'autel par son amour de lycée. Un autre pensait qu'elle s'était enfuie loin d'un fiancé milliardaire assez vieux pour être son grand-père. Et quelques autres semblaient croire qu'elle avait bien participé à la cérémonie mais avait pris peur lors de sa nuit de noces, et que son nouveau mari fouillait chaque grande ville de l'État à sa recherche. Becky ne pouvait s'empêcher de rire de cette dernière théorie. Comme s'il existait encore des mariées vierges la nuit de leurs noces.

— Hachis nappé et une effilochée de porc.

Derrière le comptoir, Meg sourit à Frank, le cuisinier, et plaça la commande sur le support. Avec l'aisance de quelqu'un qui avait travaillé dans un café de campagne pendant des années, elle saisit la cafetière et fit le tour, remplissant les tasses et bavardant avec les habitués.

— Elle a l'air certainement plus à l'aise que la semaine dernière, reconnut Becky.

— Et l'endroit n'a jamais été aussi fréquenté. J'ai même des curieux des villes voisines qui viennent déjeuner. Je ne sais pas combien de temps elle va rester, mais je ne me plains pas. Quelques gars que Becky ne reconnaissait pas appelèrent Abbie. — Je dois y aller. Comme je l'ai dit, les affaires marchent bien.

— Te voilà, dit Kelly, la réceptionniste de la clinique, debout à côté de Becky, cherchant du regard une table ou un box libre.

Les choses étaient toujours assez calmes à la clinique vétérinaire les jours où Adam faisait ses visites aux ranchs, alors aujourd'hui, Kelly et elle avaient décidé de faire une véritable enquête.

— Désolée pour le retard. Je jure que Mme Peabody devrait se trouver un homme. Peut-être que si elle avait autre chose pour l'occuper, elle ne serait pas une telle hypocondriaque avec ses animaux.

— Ça n'arrivera jamais, répondit Becky en prenant son thé et en suivant Kelly vers une table proche. Même quand M. Peabody était vivant, tout ce qui tracassait Nadine semblait affliger l'un de ses animaux. Avoir affaire à elle presque quotidiennement est aussi inévitable que la mort et les impôts.

— Quand même…

— Bonjour, mesdames. Meg apparut à côté de leur table, des menus coincés sous le bras. Attendant un moment que les deux femmes s'installent, elle posa un verre d'eau devant chacune d'elles ainsi que les menus. — Le plat du jour est un rôti de bœuf avec des carottes et des pommes de terre fines…

— Fines ? demanda Kelly. C'est nouveau.

Meg rit. — Au lieu de les couper en morceaux, Frank les a tranchées comme des frites et les appelle des pommes de terre fines. Je suppose qu'il espère que le pouvoir de la suggestion contrebalancera les calories.

Les deux collègues rirent, mais ce fut Kelly qui dit : — Si seulement.

Carnet et stylo en main, Meg se tourna d'abord vers Kelly. — Tu voudrais autre chose à boire ?

— Non, soupira-t-elle. Jusqu'à ce que je perde mes kilos d'anniversaire, ce sera de l'eau pour moi.

— Kilos d'anniversaire ? Meg fronça les sourcils, et Becky leva les yeux au ciel.

— Ouais, souffla Kelly de nouveau lourdement. J'ai en quelque sorte mangé presque tout le gâteau toute seule. Et aussi les cupcakes qu'Abbie avait préparés.

Secouant la tête, Becky prit le menu. — Je tuerais pour avoir quelques-unes de ces courbes dont tu te plains.

Nonchalamment, Meg observa Becky, puis porta son examen sur Kelly. La réceptionniste de la clinique avait une peau de porcelaine, un sourire digne des publicités de dentifrice, de grands yeux bruns avec de longs cils épais et une silhouette généreuse en forme de guitare qui devrait faire baver les vrais hommes.

Glissant le stylo derrière son oreille, Meg haussa paresseusement les épaules. — Personne ne m'a demandé, mais je pense que vous êtes toutes les deux folles. Je reviens tout de suite.

— Tu vois ? Becky se pencha en avant, articulant clairement le mot unique. — Tu n'es pas grosse.

— On n'est pas ici pour parler de moi. Kelly mit de côté le menu. — On est censées en savoir plus sur elle.

— D'accord.

Deux minutes plus tard, Meg réapparut, prête à prendre leurs commandes.

— Alors, commença Kelly, comment trouves-tu la vie ici, Meg ?

— Bien, merci. Abbie est une super patronne. Stylo en main, elle sourit. — Vous êtes prêtes à commander ?

— Une salade Cobb, s'il te plaît. Kelly poursuivit ses questions avant que Meg ne puisse finir d'écrire. — As-tu toujours été serveuse ?

Meg émit un grognement non-engageant avant de lever les yeux de son carnet vers Kelly. — Tu voudrais du poulet grillé avec ça ? Un peu de protéines supplémentaires m'évite d'avoir faim en milieu d'après-midi.

— Excellente idée. Merci. Kelly lança un regard frustré à Becky.

— Et toi ? demanda Meg en se tournant vers Becky.

— Je voudrais le cheeseburger au bacon et cheddar avec une salade de chou et des rondelles d'oignons frits.

Meg gloussa. — J'adore les filles avec un bon appétit.

— C'est tout à fait moi. Au fait, je m'appelle Becky. Et voici Kelly.

— Enchantée de vous rencontrer toutes les deux.

Le sourire de Meg s'élargit un peu plus, sa posture devint un peu plus détendue, et Becky ressentit soudain une pointe de culpabilité pour son indiscrétion.

Meg glissa le carnet dans sa poche. — Je vous apporte vos commandes tout de suite.

Attendant quelques secondes que Meg atteigne la cuisine, Becky poussa un léger soupir. — Je ne pense pas que nous aurons plus de chance à obtenir des réponses que le reste de la ville.

Le regard de Kelly se posa sur Meg à l'autre bout du café. — On dirait bien.

Au moment où Kelly avait terminé sa salade et que Becky avait englouti son burger, la plupart des clients du déjeuner étaient partis.

— Je tiens juste à mentionner pour mémoire, encore une fois, déclara Kelly en jetant sa serviette sur la table, que je trouve horriblement injuste que tu puisses manger comme un adolescent affamé et ressembler toujours à une brindille.

— Et c'est là le problème. L'herbe est toujours plus verte ailleurs. Alors que tu rêves de voir Olive Oyl dans le miroir, je préférerais ne pas être associée à quoi que ce soit qui rappelle un adolescent aux yeux d'un homme.

— Un homme ? Ou Ethan Farraday ? Becky détestait que presque tout le monde en ville, à l'exception peut-être de la nouvelle serveuse, sache qu'en première année, elle était tombée éperdument amoureuse d'Ethan Farraday. — Ethan est de l'autre côté du monde. Il a probablement une femme dans chaque port.

— Ça c'est la marine. Il est dans les marines.

Becky leva les yeux au ciel. — Ce n'est pas la question. Je ne suis plus à l'école primaire.

— Bien sûr.

Une fois de plus, Meg apparut, carnet et stylo en main.

— Quelqu'un voudrait un dessert ?

— Non, merci. Rien de plus pour moi. Kelly tapota son ventre comme si elle avait mangé bien plus qu'une simple salade pour le déjeuner.

— En fait, dit Becky en se tournant vers Meg, quelques-unes d'entre nous sortent une fois par mois environ le vendredi soir. Rien de spécial. Juste entre filles, peut-être un film ou un dîner. On aimerait que tu te joignes à nous.

— Parfois, on va au Boot 'N' Scoots à Butler Springs.

— Boots 'N' Scoots ? demanda Meg.

— Un bar country. Bon endroit pour faire un peu de two-step, expliqua Becky. Ce soir, on va juste passer du temps chez Donna, lui tenir compagnie pendant son alitement. Peut-être jouer aux cartes ou regarder un bon film pour filles.

— Oh. Les yeux de Meg allaient et venaient entre les deux femmes. — Je, euh… Son regard se porta par la fenêtre, vers la clinique de l'autre côté de la rue, puis revint. — Vous travaillez en face, n'est-ce pas ?

— Oui. Tu n'as rien contre les animaux, n'est-ce pas ? demanda Becky d'un ton taquin.

— Oh, non. Non. Pas du tout. Je pense que ce serait sympa. Merci.

— Super, dit Kelly en frappant des mains. Voici l'adresse de Donna. Ce n'est pas loin. Tu peux y aller à pied…

— Ou je peux te déposer si tu veux, proposa Becky. Mais j'y vais tôt pour aider à préparer.

Meg accepta le petit morceau de papier que Kelly lui tendait, le lut, puis le plia et le glissa dans sa poche. — Je suis sûre que je peux trouver mon chemin.

— Bien, dit Becky. Considère cela comme ton accueil officiel à Tuckers Bluff.

Meg sourit, mais Becky vit beaucoup trop

d'appréhension dans les yeux de la femme. Peut-être que ceux qui croyaient que Meg avait un mari furieux fouillant le Texas à la recherche de sa mariée en fuite n'étaient pas si loin de la vérité après tout.

Waouh. Une soirée entre filles. Encore une surprise de la vie dans une petite ville. Meg s'était attendue à être ignorée ou à être victime d'une attitude du genre « il-faut-être-né-ici-pour-être-accepté » de la part des locaux. Au lieu de cela, tout le monde semblait faire des efforts pour qu'elle se sente chez elle. Bienvenue. Debout près de la table vide, une assiette dans chaque main, elle regarda les collègues rieuses traverser le parking.

Elle avait appris un peu sur les filles grâce aux conversations pendant les parties de poker au Silver Spurs. Becky Wilson travaillait à la clinique vétérinaire depuis le lycée et avait le béguin pour Ethan Farraday depuis l'école primaire. Selon sa grand-mère, Ethan était un imbécile aveugle pour n'avoir jamais remarqué que la meilleure amie de sa petite sœur était le parti du siècle.

Kelly, amie d'enfance de Grace Farraday et de Becky, avait quitté la ville pour étudier à l'Université du Texas sans avoir l'intention de revenir à la vie d'une petite ville. En deuxième année, son père avait eu une attaque, et elle était rentrée précipitamment pour l'aider et n'était plus jamais repartie depuis. D'après ce que Meg avait compris, la clinique vétérinaire n'avait pas besoin d'une réceptionniste, mais Adam avait créé ce poste spécialement pour Kelly.

Apparemment, le mythe selon lequel les petites villes prennent soin des leurs avait un fond de vérité. Dans le cas de Meg, ils semblaient même prendre soin des étrangers.

— Le plus jeune de Shannon a de la fièvre, dit Abbie en prenant les assiettes des mains de Meg. — Elle doit aller le chercher à l'école et le déposer chez sa mère. Ça t'ennuie de rester un peu plus longtemps jusqu'à ce qu'elle arrive ?

— Non, pas du tout. Meg aimait avoir quelque chose à

faire plutôt que de scruter Internet à la recherche de nouvelles concernant Jonathan et son père. Un peu plus de travail au café, suivi d'une soirée entre filles – loin d'Internet – c'était une bonne chose.

— Merci, sourit Abbie. Je pourrais me débrouiller seule, mais je te garantis que dès que le destin apprendra que je suis seule ici, un bus de touristes en route pour Carlsbad tombera en panne devant notre porte, et toutes les petites dames aux cheveux bleus se rendront soudainement compte qu'elles meurent de faim.

Meg ne put s'empêcher de rire à l'idée d'Abbie submergée par un bus rempli de femmes, comme celles qui jouaient dans Les Craquantes, lors d'un voyage organisé au Nouveau-Mexique. — Contente de pouvoir aider.

Près d'une heure plus tard, le ketchup, la moutarde et les distributeurs de sucre avaient tous été remplis en prévision du service du soir. Abbie venait de préparer une nouvelle cafetière. — Je prends quelques minutes pour revoir le menu de demain avec Frank. Tu peux surveiller la table du fond pour moi ?

— Pas de problème. Meg plaçait le dernier distributeur de sucre quand la clochette de la porte tinta, annonçant un nouveau client. Il était difficile de ne pas reconnaître un Farraday. Surtout Adam. Les trois frères qu'elle avait rencontrés jusqu'à présent s'imposaient dans la pièce dès qu'ils franchissaient le seuil.

Téléphone portable à la main, Adam Farraday souriait à l'écran. Quand il releva enfin les yeux, il surprit Meg qui l'observait. — Abbie te fait travailler pour le service du soir ce soir ?

— Non. Shannon a un peu de retard, répondit Meg en le suivant jusqu'à la banquette située après la caisse. — Je peux te servir quelque chose à boire pour commencer ?

Dans un geste décontracté qu'elle avait vu tous les hommes faire en entrant dans le café, Adam retira son chapeau et l'accrocha au pseudo-portemanteau qui s'élevait entre les banquettes. Jean usé, bottes rodées et chapeau de cow-boy réglementaire étaient la tenue standard dans cette partie de l'État.

— Un café serait parfait. Noir.

— Je t'apporte ça tout de suite. Meg dut prendre une profonde inspiration pour ne pas se précipiter vers le café ou trébucher sur ses propres pieds en chemin. Ce n'était pas normal que l'air dans ses poumons se bloque à la vue d'un homme. Peu importe à quel point les Farraday étaient beaux, Adam n'était qu'un type sympa. Et elle avait juré de renoncer aux hommes. Définitivement.

— Hé ! Shannon se précipita par la porte d'entrée, courant vers l'arrière-salle. — Vraiment désolée du retard. Où est Abbie ?

— Dans la cuisine avec Frank.

— Donne-moi cinq minutes pour me rafraîchir et je prends la relève.

Meg sourit, acquiesça et apporta une tasse de café noir à la banquette numéro deux.

La tasse tinta contre la table et, toujours souriant, Adam leva les yeux vers Meg. — Merci.

Elle l'avait vu sourire plus d'une fois lors du dîner du dimanche, mais ce sourire plus léger semblait en quelque sorte plus éclatant. — C'est ta copine au téléphone ?

Mon Dieu. Meg n'arrivait pas à croire qu'elle venait de dire ça. Comment avoir l'air d'une adolescente jalouse.

— Non, rit Adam. Mon frère Ethan publie des photos sur Instagram de lui et ses amis. C'est difficile de savoir qu'il est à l'étranger et si proche du danger, mais quand ces photos ridicules apparaissent sur mon fil d'actualité… Adam leva son téléphone pour qu'elle puisse voir une quasi-réplique des trois frères Farraday qu'elle avait déjà rencontrés, sauf que celui-ci avait les cheveux blond sable, prenant un selfie avec deux autres gars, tous les visages déformés par le rire.

— Ça fait du bien au cœur. Elle ne connaissait même pas Ethan Farraday, et pourtant elle se sentait plus légère en voyant les trois militaires plaisanter et s'amuser.

— C'est bon, lança Shannon en sortant du couloir arrière. Je prends la relève. Merci encore.

De l'autre côté du café, Shannon faisait le tour, vérifiant l'état des clients, remplissant les verres et prenant les commandes au besoin.

— Tu veux te joindre à moi pour un café ? demanda Adam en la regardant, ses yeux pétillant encore de rire.

Au moment même où son esprit hurlait « Danger, Will Robinson ! », sa tête hochait, et sa bouche marmonnait : — Merci.

— En voici une autre, continua Adam en souriant et en lui tendant le téléphone. Elle devait admettre qu'Ethan ressemblait à un étudiant s'éclatant à une soirée de fraternité. Mais elle soupçonnait qu'une grande partie de la raison des selfies en gros plan, sans aucun espace pour l'arrière-plan, était d'éviter de montrer aux amis et à la famille, ou même aux ennemis, où se trouvaient les soldats. Pendant quelques minutes, il était facile pour les proches d'oublier que leurs fils ou leurs filles étaient en première ligne dans les coins les plus instables du monde.

Adam fit de son mieux pour masquer les battements frénétiques de son cœur avec un énorme sourire et le flot de photos que lui envoyait Ethan. Il n'avait pas eu l'intention d'inviter Meg à s'asseoir avec lui ; les mots avaient simplement jailli de ses lèvres. Sans avertissement. Sans préméditation. La seule chose plus surprenante que son invitation était son acceptation facile. Non pas qu'il ait jamais eu du mal à séduire une fille, mais il s'attendait à ce que celle-ci soit un peu plus craintive dans les circonstances. Peut-être qu'il lui avait laissé trop d'espace. Peut-être qu'il n'avait pas à la traiter avec des pincettes. Sauf que maintenant qu'elle était assise en face de lui, il n'avait aucune idée par où commencer.

— Comment trouves-tu le travail ?

— Plus que je ne l'aurais cru. Il a fallu quelques jours pour que mes pieds cessent enfin de se plaindre.

— As-tu pu obtenir un téléphone ?

Meg hocha la tête. — Oui, j'ai eu le dernier. Je comprends que les téléphones portables ont tendance à se casser beaucoup quand on travaille sur une plateforme pétrolière. Apparemment, nous sommes plus proches de certains camps pétroliers que Butler Springs. Les sœurs disent qu'ils se vendent rapidement.

— C'est vrai, bien que je ne sache pas combien de temps les booms de ventes provenant des camps vont durer.

— Que veux-tu dire ?

— Ce qui monte doit redescendre. Les périodes difficiles vont et viennent. Et certaines personnes pensent que nous avons un sacré ralentissement pétrolier qui nous frappe. Beaucoup de ces camps ont déjà fermé boutique. Des sociétés de manœuvres pétroliers ferment. Les épouses qui restaient à la maison cherchent du travail à l'extérieur. Les sœurs sont là depuis longtemps. Elles savent comment traverser les périodes difficiles, mais ce n'est pas le cas de tout le monde.

— Tu penses à ton frère ? Celui qui travaille dans le pétrole ?

Adam haussa les épaules. — Connor connaît la situation. Il planque son argent tant qu'il le peut. Son cœur est avec les chevaux.

— Tu as mentionné qu'il voulait le terrain du voisin.

— Parfois, il parlait de la région des chevaux à l'est. Virginie, Kentucky. Où l'herbe est abondante et les éleveurs ont un nom. Mais ces dernières années, il est devenu clair pour nous que la famille de M. Brennan n'est pas intéressée à avoir quoi que ce soit à faire avec l'ouest du Texas. C'est à ce moment que l'idée des ranchs côte à côte a germé dans l'esprit de Connor.

En grandissant, Connor était toujours passionné par les chevaux. Quand leur père et les autres surveillaient les clôtures ou déplaçaient le troupeau, Connor traquait les mustangs sauvages. Pendant un temps, la famille avait pensé qu'ils auraient peut-être deux vétérinaires dans la famille, mais, dès la première année de Connor au lycée, il était clair qu'il était totalement orienté vers l'élevage et le dressage de ces beautés à quatre pattes.

Mais le type d'exploitation dont Connor rêvait nécessitait plus de capital que le ranch Farraday ne pouvait fournir. Ce n'était pas une surprise pour la famille que ce gamin intrépide, fasciné par les puissants et dangereux mustangs, se tourne vers un emploi dangereux, comme travailler sur une plateforme pétrolière, pour économiser de l'argent.

— Il planque son argent, et avec un peu de chance, il aura assez économisé lorsque Brennan sera prêt à vendre. Mais assez parlé de mon frère. Et toi ? Tu as des frères et sœurs ?

Meg secoua la tête. — Enfant unique.

D'une certaine façon, cela ne le surprenait pas. — Je ne peux pas imaginer grandir dans une maison sans au moins un frère pour te rendre folle.

— Je ne sais pas. Vous avez tous l'air plutôt sains d'esprit.

— Peut-être maintenant, rit-il. Mais, à plus d'une occasion quand nous étions enfants, n'importe lequel de mes frères avait de la chance d'atteindre son prochain anniversaire.

— Je pense que j'aurais aimé avoir au moins un frère.

— Tu peux en prendre un des miens.

Megan rit jusqu'à tousser. — Désolée, mais ce n'était pas ce que j'avais en tête.

— Hé, je les ai déjà dressés. Tu as la partie facile maintenant.

Le son du rire de Meg agissait sur lui comme un baume apaisant après une longue journée de travail. Un son auquel il pourrait facilement s'habituer – si elle comptait rester.

CHAPITRE DOUZE

— Qu'est-ce que je peux vous servir à tous les deux ? demanda Shannon en se penchant vers Adam et en faisant un grand clin d'œil à Meg.

— Oh, je ne reste pas. Comme si Meg n'était pas déjà le sujet de conversation de la ville, pas besoin d'ajouter des ragots sur elle et Adam. — Je vais chez Donna ce soir.

— Avec les filles ? Shannon laissa tomber son bloc-notes et pointa Meg avec son stylo. — Dis-lui qu'elle nous manque par ici.

— Je lui dirai. En posant une main sur la table pour se lever et sortir de la banquette, Meg fut surprise de sentir les doigts puissants d'Adam s'enrouler autour de son poignet.

— Tu as dit que tu prendrais un café avec moi. Tout ce que j'ai fait, c'est te prendre du temps en te montrant mon petit frère. S'il te plaît, reste une minute et fais une pause. Tu dois être épuisée.

— Je devrais vraiment…

Shannon fit un nouveau clin d'œil et la coupa. — Je reviens tout de suite avec plus de café.

— Merci, Shannon. Adam tenait toujours le poignet de Meg. — Comment vas-tu chez Donna ?

— Je pensais y aller à pied.

— Après avoir été debout toute la journée ? Pourquoi ne pas me laisser t'y déposer ?

Ayant travaillé tous les jours cette semaine, son endurance semblait s'améliorer, mais l'idée d'aller chez Donna en voiture plutôt qu'à pied avait un certain attrait.

— Je te promets que je ne mords pas, ajouta-t-il.

— Ce n'est pas ça. Je ne veux pas m'imposer.

— Considère que tu ne t'imposes pas. Et puis, j'ai

promis à mon père que je passerais au ranch ce soir. La maison de Donna est sur mon chemin.

— Tu es sûr ?

— J'en suis sûr. Maintenant, tu restes pour ce café ?

— Je vais le chercher. Meg finit de sortir de la banquette et traversa rapidement le café pour rejoindre l'autre côté du comptoir, où Shannon attendait qu'une cafetière fraîche termine de couler.

— Ma chérie, chuchota presque Shannon, si tu réussis à lasser un Farraday, tu vas devoir donner des cours. La moitié des femmes adultes de cette ville, célibataires ou mariées, aimeraient mettre le grappin sur l'un de ces frères.

— Je ne suis pas…

Secouant la tête, Shannon leva la main, paume vers l'extérieur. — Je dis juste que c'est le plus grand intérêt que j'ai vu d'un homme Farraday pour une femme vivant près de cette ville depuis le lycée. Je ne connais pas ton histoire, mais une fille pourrait faire bien pire qu'Adam Farraday.

L'envie de protester lui chatouillait la gorge, mais Meg savait que cela ne servirait à rien. — Merci. Je vais prendre le café.

Shannon pivota sur ses talons, et Meg prit une longue inspiration apaisante. Elle avait déjà connu pire, mais elle ne cherchait pas mieux ; ce n'était qu'une tasse de café. Et pour s'assurer de ne pas l'oublier, elle répéta son mantra ce n'est qu'une tasse de café dans son esprit tout le long du chemin jusqu'à la table.

— Voilà.

— Merci. J'en ai probablement déjà bu un litre aujourd'hui, mais chaque tasse fait toujours plaisir.

— Journée difficile ?

— Pas vraiment. Plutôt routine, mais je suis sur la route depuis six heures ce matin. Il y a beaucoup de kilomètres à parcourir entre les ranchs, et ce n'est pas toujours pratique de transporter de gros animaux en ville pour une piqûre ou une infection au pied comme s'il s'agissait d'un chat ou d'un chien.

— Non. J'imagine que non. Meg prit une longue gorgée du breuvage chaud. Elle n'avait rien mangé depuis le petit déjeuner, et son estomac protesta. Bruyamment.

Adam fronça les sourcils. — Quand as-tu mangé pour la dernière fois ?

— J'ai attrapé un muffin ce matin.

— Je ne suis pas du genre à donner des conseils non sollicités, mais je tiens de source sûre qu'un muffin ne peut pas remplacer un repas.

— Je mangerai quelque chose quand je rentrerai à la maison. Maison. Le mot la surprit. Pas sa chambre. Pas l'appartement. Maison. Avait-elle vraiment commencé à considérer le labyrinthe à l'étage comme sa maison ?

— Tu promets ?

— Promis.

Adam prit son temps. Il semblait tourner ses prochains mots dans sa bouche comme une gorgée de café. — Tu veux me dire comment tu t'es retrouvée aux abords de Tuckers Bluff aux aurores ?

Elle savait qu'elle devait cesser d'éviter cette question tôt ou tard. — Mon mariage a été… annulé.

— Annulé ?

— Disons simplement que j'ai découvert quel connard manipulateur était mon fiancé avant qu'il ne soit trop tard.

Adam ne répondit pas. Pas un mot, pas un hochement de tête, pas même un clignement d'œil.

— J'avais besoin de me vider la tête, alors je suis juste montée dans la voiture et j'ai commencé à conduire. J'ai pris l'autoroute à péage, puis la I-30 jusqu'à ce qu'elle devienne la I-20, et, sans m'en rendre compte, j'étais à mi-chemin à travers le Texas en pleine nuit. J'ai pris une sortie, espérant trouver un endroit où rester. Apparemment, les routes avec des numéros par ici ne sont pas nécessairement des axes principaux.

Cette fois, Adam sourit et secoua la tête.

— Alors j'ai continué, pensant que la route mènerait quelque part. Mais le pneu avait un plan différent. Portant la tasse à ses lèvres, elle respira l'arôme familier. — As-tu retrouvé le chien ?

— Non. J'y suis retourné deux fois. Une fois en plein jour et une autre après la tombée de la nuit. Aucun signe d'un animal blessé.

Cela n'avait aucun sens que, au milieu de nulle part, un chien puisse simplement apparaître et disparaître. — Je ne comprends pas. Je sais ce que j'ai vu.

— Beaucoup de choses dans la vie n'ont pas de sens. Reposant sa tasse sur la soucoupe, Adam leva son regard pour rencontrer le sien. — Une idée de combien de temps tu resteras parmi nous ?

D'une certaine façon, aucune foutue idée ne semblait pas être une réponse appropriée. — Au moins jusqu'à ce que je puisse payer les réparations de ma voiture. *Et que je sache qu'il est sûr pour moi de retourner à Dallas.*

— Ce qui me rappelle, pourquoi as-tu dit que la voiture n'était pas à toi ?

— Question de sémantique.

— Pardon ?

— Je n'ai jamais voulu cette voiture. Je suis plutôt du genre SUV pratique. Jonathan l'a achetée pour moi, mais jusqu'au jour du mariage, je ne l'avais jamais conduite.

— Ah. Un peu comme la femme qui reçoit un aspirateur pour son anniversaire.

— Plutôt comme une nouvelle perceuse.

Adam rit, un rire profond et chaleureux qui lui donna envie de rire aussi. Même face au gâchis dans lequel son ex l'avait mise. Son téléphone émit une alerte d'actualité, et elle posa sa tasse pour sortir son portable de sa poche. Jonathan Cox libéré sous caution d'un million de dollars.

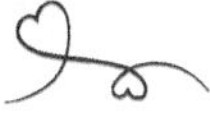

— Oh. Mon. Dieu.

— Quoi ? Becky laissa tomber le hachoir à œufs, prête à bondir par-dessus la table si Donna était en danger.

— Regarde ça. Donna pointa l'écran de son ordinateur portable.

— Un peu difficile à voir d'ici. La prochaine fois qu'elle se porterait volontaire pour apporter des amuse-gueules à la soirée entre filles, elle apporterait des miniquiches surgelées. Essayer de préparer des œufs mimosa avec une femme enceinte sur le canapé qui l'appelait toutes les deux minutes n'était pas un bon plan.

— Alors, viens voir.

— Ça ne peut pas attendre ?

— Non. Donna souffla.

— D'accord. Tenant le bol contre elle, Becky prit une fourchette et décida qu'elle pouvait écraser des jaunes d'œufs cuits depuis n'importe quelle pièce de la maison. — Qu'est-ce qui est si important ?

— Ça vient d'apparaître sur ma page d'accueil.

S'installant sur un coin du canapé, Becky se demanda si elle avait été appelée pour la femme de soixante-quinze ans qui en paraissait trente-cinq, les photos avant/après d'une femme qui avait essayé le dernier régime minceur du Dr Oz ou les deux aliments à ne jamais manger. — Je ne comprends pas.

— Tu as vu ce que ça dit ?

— Ne pas manger de bananes ?

— Pas ça. Donna enfonça son doigt au milieu de l'écran. — Ça. L'article sur Jonathan J. Cox.

— Pourquoi devrais-je m'intéresser à un escroc libéré sous caution ?

— Cet escroc a été arrêté le jour de son mariage.

— Ouais. Et alors ? Becky écrasait des œufs en parcourant l'article.

— Regarde le nom de la mariée.

Becky lut un peu plus vite, puis elle le trouva. Bon sang. — Tu crois que notre Meg est Margaret Colleen O'Brien ?

— Ça y ressemble bien. Je veux dire, combien de femmes devaient se marier il y a deux week-ends avec le nom de famille O'Brien, qui se sont enfuies dans leur robe de mariée et n'ont pas été revues depuis ?

— C'est écrit ça ? Becky se pencha plus près.

— Passe à la fin.

Les mains immobiles, Becky se redressa. — L'article dit aussi que son fiancé est recherché pour avoir escroqué des investisseurs de millions de dollars. Tu ne crois pas qu'elle pourrait être complice d'une certaine façon ? Une escroc ? Tuckers Bluff n'était pas exactement le nirvana, mais Becky n'aimait pas l'idée qu'une criminelle dupe toute la ville en la faisant se sentir désolée pour elle. Et tout le monde avait pris Meg en affection plutôt rapidement. Ce qui n'était pas habituel pour les petites villes. N'était-ce pas ce que les arnaqueurs savaient très, très bien faire ?

— Pourquoi quelqu'un qui aurait aidé à voler des millions de dollars se cacherait à Tuckers Bluff ? Je serais déjà en route pour l'Argentine.

— C'est vrai. Peut-être. Tout cela était un peu trop bizarre. — Mais si elle nous donne des conseils d'investissement, j'appelle D.J.

En attendant que Meg redescende après s'être changée, Adam buvait ce qui devait être sa centième tasse de café.

— Tu ferais mieux de manger quelque chose de solide pour accompagner ça, ou tu vas te faire un trou dans l'estomac. Abbie glissa un morceau de tarte aux pommes devant lui et se glissa de l'autre côté de la banquette.

— Hé, pourquoi ne t'assieds-tu pas un moment ?

— Merci. Elle lui fit un clin d'œil. — Je crois que je vais le faire.

Tuckers Bluff n'avait pas de pub local. Cette partie du comté était sèche comme un os, mais si quelqu'un restait assis assez longtemps à déguster une boisson de son choix, Abbie finissait par venir tendre l'oreille, comme un barman thérapeute.

— C'est gentil que Becky et les filles aient invité Meg à les rejoindre ce soir.

Adam hocha la tête.

— S'il y a une chance de la garder ici, il faut qu'elle se sente chez elle.

Cette fois, Adam évita de répondre de quelque façon que ce soit. Depuis que ses doigts s'étaient brûlés au contact de la peau douce de Meg, divers scénarios s'étaient déchaînés — Meg dans la cuisine, le salon, la salle à manger et son lit. Son esprit avait déjà fait un sacré bon travail pour la faire se sentir chez elle. Le problème, c'est que son esprit la voyait aussi souriante près du sapin de Noël familial, s'émerveillant de l'abondante flopée de naissances printanières du ranch et lisant des histoires avant de dormir à des enfants qui ressemblaient étrangement à lui et à elle. Le désir, il pouvait gérer ; les pensées de Margaret O'Brien, de foyer et de famille étaient un territoire inconnu pour lui.

Il devrait garder ses distances. Ce n'était pas chez elle ici. Son chez-soi, c'était la grande ville. Mais après un seul dîner de famille, deux longs trajets en ville et de brefs arrêts quotidiens pour prendre à emporter pour lui et son personnel — bien plus souvent que d'habitude — sans aucun effort de sa part, Meg s'était complètement et totalement glissée sous sa peau d'une manière qu'il ne pouvait pas expliquer.

— Qu'en penses-tu ?

Adam espéra que Abbie prendrait son silence comme un signe qu'il réfléchissait à sa question, et non qu'il se demandait ce qu'elle avait bien pu dire et qu'il n'avait pas entendu.

— Je ne veux pas la perdre, Adam. Non seulement elle s'est adaptée au travail plus vite que n'importe quel débutant que j'ai connu, mais les clients l'adorent, et Frank pourrait presque être décrit comme agréable.

D'accord, c'était intéressant. Frank Carter — un marine de carrière, un sergent d'artillerie — qui commandait le personnel de service comme s'il s'agissait de nouvelles recrues au camp d'entraînement. On l'avait qualifié de tout, de grincheux et grognon à silencieux et réservé, mais agréable ne s'était jamais approché de la description de Frank. — Honnêtement, je ne sais pas quoi dire, Abbie.

— Eh bien, réfléchis-y. Si quelqu'un peut trouver un moyen de la garder en ville, tu as mon vote.

— Moi ?

Des pas rebondissant dans l'escalier arrière annoncèrent l'arrivée imminente de Meg. Abbie sourit et se leva doucement. — Penses-y.

Il regardait encore le dos d'Abbie qui s'éloignait, se demandant si elle savait quelque chose qu'il ignorait, lorsque Meg apparut à côté de la table. — Prête quand tu l'es.

— C'est bon. Adam se leva, saisit son chapeau de son perchoir, puis fit signe à Meg de passer devant. Son esprit oscillait entre trouver des moyens de faire exactement ce qu'Abbie avait demandé — convaincre Meg de rester en ville — et accepter qu'elle n'y avait pas du tout sa place. La vérité, c'était que, peu importe à quel point son sourire était captivant, son rire étincelant ou son rougissement timide séduisant, Margaret O'Brien restait un mystère à résoudre. À bien des égards.

CHAPITRE TREIZE

Il avait fallu une volonté de fer à Meg pour ne pas rester chez elle à lire tous les derniers articles sur Jonathan. Elle en avait parcouru quelques-uns rapidement, cherchant toute mention de son père. Le nom de William O'Brien apparaissait comme propriétaire de BriteWay Investment Securities, LLC, dont l'implication dans des activités criminelles était encore sous enquête. D'après ce qu'elle comprenait, toutes les agences gouvernementales, de la SEC au FBI, avaient un rôle dans cette affaire. Selon l'un des articles, plusieurs victimes avaient déjà déposé des poursuites civiles contre Jonathan et l'entreprise de son père. Tout cela signifiait que les choses prendraient plus de temps à se tasser qu'elle ne l'espérait.

Maintenant, elle attendait qu'un des hommes les plus sexy qu'elle ait jamais vus l'emmène à sa première soirée entre filles dans cette petite ville. Ce qu'elle n'arrivait pas à décider, c'était ce qui la rendait plus nerveuse : être dans la cabine d'un pick-up si près de Monsieur Canon ou affronter une maison pleine de femmes qui allaient certainement poser beaucoup de questions auxquelles elle n'était pas prête à répondre.

— Je suis prête quand tu l'es.

— C'est parti.

Adam sortit de la banquette et se leva. De grands pieds chaussés de bottes.

Que disait-on à propos de la taille des… N'y pense même pas, Meg. Quand il lui fit signe de passer devant, elle s'empressa d'avancer. La dernière chose dont elle avait besoin était une autre vue prolongée de ce postérieur moulé dans un jean. Elle devait penser à quelque chose de plus anodin. Sans danger.

— C'est loin chez Donna ?

— Pas très. Je t'y déposerai en cinq minutes.

Et pourquoi son cœur se serrait-il ? Cinq minutes seulement, c'était bien. Mieux que bien. Parfait. Être seule avec un cowboy texan presque authentique n'était pas judicieux pour une femme dont le mariage et la vie s'étaient récemment effondrés comme un château de cartes.

— Très bien. Merci encore.

— Simple bon voisinage.

Bon voisinage. Exact. Adam ouvrit la portière de la cabine, et Meg saisit la poignée et se hissa à l'intérieur. S'installant fermement sur le siège, elle garda son regard droit devant elle. Adam Farraday était simplement un bon voisin, et elle se comportait comme une adolescente en plein béguin. C'était pathétique, non ?

— C'est assez chanceux pour Abbie que tu sois arrivée quand tu l'as fait. Personne ne s'attendait à ce que Donna doive arrêter de travailler si tôt.

— C'est ce que dit Abbie. Je suis contente d'avoir pu aider. Et encore plus contente d'avoir ce travail.

Comment avancent les comptes spéciaux ? William O'Brien tendait à Jonathan un verre de cognac d'après-dîner.

Excellent. J'ai tout mis en place selon tes instructions. Les nouveaux investisseurs sont ravis du taux de rendement. Jonathan avait pris une lente gorgée de ce qu'elle savait être un breuvage doux et satisfaisant.

Bien. Bien. On dirait que l'union des O'Brien et des Cox sera très profitable pour notre famille qui s'agrandit.

À l'époque, Meg avait été contente que son père fasse confiance à son futur gendre pour quelque chose de spécial et rentable. Mais maintenant, les choses ne se présentaient pas bien pour son père. Elle ne croyait pas une seconde que son papa volerait des gens qui lui faisaient confiance. Mais elle avait déjà compris que l'amour avait tendance à aveugler une personne face à la vérité. Elle ne pouvait pas risquer de rentrer chez elle et d'être interrogée. Des hommes avaient été envoyés en prison pour moins de preuves qu'une conversation surprise par une fille. Elle devait rester loin.

— As-tu réfléchi à trouver un autre endroit où loger ?

Les paroles d'Adam se mêlèrent à ses pensées.

— Pas vraiment.

— Il y a quelques maisons vides disponibles à la périphérie de la ville. Certaines pourraient se vendre à bon prix maintenant que les prix du pétrole s'enfoncent comme un veau nouveau-né dans un bourbier.

— Je ne pense pas pouvoir me permettre une maison.

— Je parle peut-être sans savoir, mais je suppose que, si tu demandais, Abbie pourrait vider ce petit appartement et te le louer pas cher. Vraiment pas cher.

L'endroit avait beaucoup de potentiel. Mais, si sa chance tournait, d'ici qu'elle ait payé les réparations de sa voiture, peut-être qu'il serait sûr de rentrer chez elle.

— Je vais y réfléchir.

Un sourire nonchalant étira les coins de sa bouche.

— Bien. Bien.

Le gros camion n'avait fait que quelques virages dans de longues rues quand Adam ralentit et s'engagea dans une allée.

— Nous y sommes.

Une maison en bois avec un grand porche avant, sur lequel trônaient les indispensables chaises berçantes, lui rappelait une époque révolue. Elle regarda à gauche puis à droite, observant le mur d'arbustes, les bouquets de fleurs printanières fraîchement plantées et les rires qui lui parvenaient par une fenêtre ouverte. Ajoutez un peu de neige et des lumières clignotantes, et la maison aurait fait la carte de Noël parfaite.

La portière côté passager s'ouvrit, et Adam lui tendit la main.

— Laisse-moi t'aider à descendre.

Avec un peu trop d'empressement qu'elle n'aurait dû, Meg accepta la main offerte et descendit du camion. Ses mains trouvèrent leur chemin autour de sa taille alors qu'il la déposait au sol.

— Merci.

— Tout le plaisir est pour moi.

Ses yeux se mirent à niveau avec les siens. Pendant quelques secondes, la façon dont son regard s'adoucit, passant de ses yeux à sa bouche et inversement, elle crut qu'il allait l'embrasser. Au lieu de cela, il fit un pas en arrière, ses mains retombant lourdement sur ses côtés.

— Il y a un excellent nouveau restaurant de steak à Butler Springs. J'avais envie de l'essayer.

Meg hocha la tête.

— Ce serait bien si tu m'accompagnais.

— Oui, marmonna Meg.

— Demain soir ?

Elle hocha la tête cette fois, sa bouche soudain sèche et remplie de coton.

— Je passe te prendre à dix-huit heures.

Sa tête s'inclina à nouveau. Les mots restaient coincés dans sa gorge.

— Très bien.

Il s'écarta d'elle et se dirigea vers l'avant du camion.

— Je suppose que je te verrai demain à dix-huit heures.

— À dix-huit heures, répéta-t-elle, son regard fixé sur Adam alors qu'il trottait autour du capot et montait dans le camion. Il avait claqué la portière, démarré le moteur et, la regardant, ses sourcils s'étaient froncés en un profond froncement. Inquiète de ce qui avait pu mal tourner, elle réalisa soudain qu'il était probablement confus de la voir toujours plantée là où il l'avait déposée. Faisant un petit pas en arrière, elle lui fit un signe désinvolte comme s'il ne l'avait pas surprise à le fixer sans réfléchir, puis pivota et se dépêcha de remonter l'allée. Ce n'est que lorsque Becky ouvrit la porte et lui fit signe d'entrer que Meg entendit le grondement du camion qui s'éloignait.

— Tellement contente que tu aies pu venir.

Une femme très enceinte que Meg supposait être Donna lui fit signe depuis le canapé.

— J'ai tellement entendu parler de toi. Je mourais

d'envie de voir qui pourrait me remplacer.

— Personne, dit Becky, se dirigeant vers la cuisine.

— Meg, que veux-tu boire ? On a du cola, du Pepsi light…

— Pas d'aspartame maintenant, appela quelqu'un qu'elle ne reconnaissait pas depuis le coin opposé de la pièce.

— Un bon pinot grigio, continua Becky sans s'interrompre.

— Et un cabernet que Nora a apporté.

— Et, ajouta Kelly, il y a toujours un peu de mélange à margarita congelé dans le frigo. J'ai apporté la tequila. Des margaritas sans alcool et du vin sans alcool pour Donna.

Meg prit place dans le fauteuil inclinable le plus proche de la télé.

— Un petit verre de pinot serait bien.

— Un verre de vin blanc qui arrive.

Becky bondissait presque dans la cuisine.

— Et sers-toi de tout ce qu'il y a sur la table. C'est moi qui ai fait les œufs mimosa.

— Ce qui veut dire que tu pourrais mettre ta vie en danger.

Kelly rit.

— Je sais cuisiner, rétorqua Becky.

Pendant les deux heures qui suivirent, la conversation passa d'une amie à l'autre, plus ou moins de la même façon. Un débat animé eut lieu pour savoir s'il fallait regarder David Duchovny dans Intuitions ou Leonardo DiCaprio dans Gatsby le Magnifique, mais le vote de Donna comptait double, puisque c'était sa maison, et la comédie romantique de David l'emporta. Mais le film ne ralentit en rien le bavardage des femmes. Au moment où Duchovny arrivait à vélo avec la religieuse sur le guidon, le groupe de six femmes riait aux larmes, Donna étant la seule sobre du groupe.

— Pourquoi des choses comme ça n'arrivent pas dans la vraie vie ?

Kelly s'enfonça davantage dans le canapé et renversa sa tête en arrière, faisant tournoyer une margarita diluée dans sa main.

— Probablement, Becky se leva, parce que nous ne vivons pas à Chicago.

— Qu'est-ce que ça a à voir ? demanda Donna, se repositionnant.

— À part les Farraday, nous n'avons pas beaucoup d'Irlandais — ou d'Italiens — dans l'ouest du Texas.

— Seuls les Irlandais et les Italiens peuvent être romantiques ? demanda Donna.

— En fait, intervint Kelly, les Irlandais et les Italiens étaient les drôles dans le film. Le cher David aurait pu être Texan.

— Les Texans peuvent être drôles, articula Nora d'une voix pâteuse.

— Ils savent danser, ajouta une petite blonde, assise à côté de Kelly, dont Meg avait oublié le nom.

— À la verticale comme à l'horizontale.

— Ooh, s'écria-t-on dans toute la pièce.

— Raconte-nous.

Kelly se pencha en avant.

— Les choses ont été si arides par ici, je pourrais me dessécher avant qu'un vrai homme ne se montre.

La blonde afficha un sourire coquin.

— Suis-je le genre de fille à tout raconter après avoir embrassé ?

— Oui ! crièrent-elles toutes en retour, et un autre éclat de rire éclata dans toute la pièce.

— Tout ce que je sais, c'est que si c'était l'un des Farraday, je pourrais bien te crever les yeux.

Nora poussa un soupir.

— Bon sang, ces hommes sont du bœuf de première qualité.

Meg pouvait presque sentir la pièce s'évanouir en accord. Ses doigts se resserrèrent sur son verre de vin presque vide, attendant le nom, croisant mentalement les doigts pour qu'Adam n'ait pas été celui qui avait récemment fait le tango horizontal avec Blondie.

— Non. Ces garçons ne s'amusent pas avec les locales. Si l'un d'eux trempe sa foreuse dans le puits de pétrole d'une fille par ici, tu peux être sûre qu'il y aura un mariage dans les parages.

Quoi que Blondie ait eu d'autre à dire sur le cow-boy avec qui elle avait dansé le week-end dernier, sa proclamation sur des noces imminentes passa au second plan. Elle ne parlait certainement pas d'un dîner ? Métaphoriquement parlant, Blondie devait faire référence à l'acte sexuel. Une aventure d'un soir peut-être. Pas un rendez-vous pour dîner ? Rendez-vous ? Bon sang ! Elle avait un rendez-vous avec l'un des hommes que la moitié des femmes de la ville voulaient dans leur lit.

— Et toi, Meg ? demanda Donna.

— Moi ?

Elle fit de son mieux pour afficher un sourire décontracté qui disait : Je n'ai rien à cacher.

— Pas grand-chose de ce côté non plus.

— Mais tu allais te marier ?

Nora plaqua immédiatement ses deux mains sur sa bouche.

— Oups. Nous ne devions rien dire.

— Nous ? demanda Meg.

Tous les yeux dans la pièce développèrent un intérêt soudain pour le sol. Becky fut la première à regarder Meg en face.

— Ce n'est pas un secret que tu es arrivée en ville en robe de mariée, et aujourd'hui dans les…

— Nouvelles.

Les épaules de Meg s'affaissèrent.

— Ouais.

Becky haussa les épaules.

— Nous avons convenu de ne rien mentionner dans l'article.

— Je vois.

Meg leva son verre à la lumière. Pas assez de vin au monde ne rendrait son histoire plus jolie.

— J'ai cru avoir rencontré mon chevalier en armure étincelante. Une demi-heure avant que je doive marcher vers l'autel, j'ai découvert qu'il n'était pas tout à fait l'homme que je croyais. Il s'est avéré que l'armure était plutôt rouillée, et le chevalier n'était rien de plus qu'un salaud. Elle avala la dernière gorgée de vin d'un seul trait.

— Ouais. Un salaud total.

— Aïe. Becky grimaça.

Blondie pointa Meg du doigt.

— Tu sais ce qu'on dit quand on tombe de cheval.

Tout le monde dans la pièce hocha la tête, mais Kelly était celle qui souriait comme le chat du Cheshire.

— Il faut tout de suite remonter en selle.

— Exactement, affirma Blondie.

Et à nouveau, toutes les têtes dans la pièce hochèrent en accord. Bien sûr, avec la quantité d'alcool qui avait été consommée, Blondie aurait pu suggérer de courir nue dans la rue principale, et toutes les dames auraient probablement rugi en accord.

— À sauver un cheval et à monter un cow-boy !

Kelly leva son verre.

— Bienvenue à Tuckers Bluff, Meg O'Brien. Je pense que tu vas t'intégrer parfaitement.

Meg leva son verre avec ses nouvelles amies et, le temps d'un instant troublant, pensa que si seulement c'était aussi simple.

CHAPITRE QUATORZE

Se pinçant l'arête du nez, Adam composa le numéro de son frère D.J. et souhaita que la migraine qui montait de ses épaules jusqu'à ses globes oculaires disparaisse. D'habitude, il ne travaillait que des demi-journées le samedi, mais aujourd'hui, les patients n'avaient pas cessé d'affluer. Debout toute la journée à enchaîner les chirurgies, chacun de ses muscles réclamait une longue douche chaude.

À l'autre bout de la ligne, le portable de D.J. cessa de sonner.

— Farraday.

— On dirait que ta journée se passe comme la mienne.

— J'ai connu mieux, si c'est ce que tu veux dire.

— Ouais. C'est ce que je voulais dire. Des nouvelles du chien ? La veille, D.J. avait mentionné qu'il ferait le tour des ranchs voisins aux confins de sa juridiction, et Adam l'avait convaincu d'ajouter à son programme l'enquête sur un chien perdu ou disparu.

— Nada. Personne n'a perdu de chien – errant, de travail ou autre – et aucun signe de vautours au-dessus d'un animal mort.

— Merci. C'était plus ou moins ce à quoi Adam s'attendait, mais il espérait quand même une réponse plus définitive.

— On se voit demain ?

— Ouais. Écoute.

D.J. fit une pause.

— À propos de Meg.

— Quoi à propos d'elle ?

— Tu la connais bien ?

— À peu près aussi bien que toi. Pourquoi ?

Le ricanement étouffé de D.J. le surprit.

— Qu'est-ce que tu ne me dis pas ?

Cette fois, un profond soupir traversa les ondes.

— Rien, mais sois prudent.

— Tu n'es pas clair.

Et Adam était beaucoup trop fatigué pour ce jeu de flic et de souris.

— Laisse tomber. Contente-toi de ne pas faire ce que je ne ferais pas.

Le clic d'un autre appel entrant résonna à l'oreille d'Adam.

— C'est le bureau. Je dois y aller.

C'était quoi ce bordel ?

— Tu as réussi à joindre D.J. ?

Becky Wilson se tenait dans l'encadrement de la porte du bureau d'Adam.

— Je viens de raccrocher.

— Des nouvelles du chien ?

Il répéta ce que D.J. lui avait dit, mais son esprit était encore aux prises avec les commentaires cryptiques de D.J. à propos de Meg.

Becky haussa les épaules.

— Espérons que c'est bon signe. Peut-être que toi et Meg avez juste eu des hallucinations.

— Ce serait une première. Des mirages simultanés et cohérents.

— C'est aussi logique que le reste.

En souriant, Becky se décolla de la porte.

— Je ne t'ai pas vu manger aujourd'hui. Tu as mangé ?

— J'ai attrapé un yaourt après la chirurgie du Labrador jaune.

— Ce n'est pas un repas. Tu veux aller prendre un dîner tôt au café ?

— Pas ce soir. J'ai d'autres projets.

Des projets qu'il attendait avec impatience et qu'il n'avait pas l'intention de laisser son frère hyper-prudent gâcher.

— Des projets ?

Les sourcils de Becky s'arquèrent haut sur son front.

— Oui, Mademoiselle Wilson.

Il se leva.

— Et si ça vous convient, madame, je termine ma journée et je vais voir si je ne peux pas me débarrasser de ces courbatures sous la douche.

Souriant comme l'adolescente excitée dont il se souvenait avec tendresse, elle leva les yeux au ciel et secoua la tête.

— Flash info. Il y a de bien meilleures façons de soulager la tension. Tu devrais y réfléchir.

Avant qu'il puisse répliquer, Becky s'arrêta, suspendue au chambranle de la porte, et ajouta :

— Et, pour ce que ça vaut, Meg est vraiment sympa.

Comme une flèche, elle disparut dans le couloir. Il devait reconnaître que la gamine marquait des points ; elle avait raison sur le soulagement du stress. Ça faisait beaucoup trop longtemps qu'il n'avait pas été avec une femme. Dommage qu'il ne puisse rien faire à ce sujet avec Meg. Tous les frères Farraday avaient une règle inviolable : ils ne couchaient pas avec des amies. Et comme la plupart des habitants de Tuckers Bluff étaient nés et avaient été élevés ici, presque toutes les femmes célibataires dans un rayon de quatre-vingts kilomètres étaient, d'une manière ou d'une autre, des amies.

Bien que sortir avec une fille de la ville voisine ou deux ne soit pas toujours pratique, cela rendait certainement la rupture beaucoup plus facile. Dans une ville aussi petite, on ne pouvait éviter personne. Une relation qui tournait mal pouvait se transformer en cauchemar lors de rencontres au café, à la station-service ou à l'épicerie. Non. Même Meg devait rester hors des limites intimes. Et, s'il se répétait cela sans arrêt pendant la prochaine heure et demie, peut-être qu'il le croirait.

Meg tournoya devant le miroir de la porte du placard. Elle

avait détesté devoir utiliser un crédit auprès des sœurs, mais il n'y avait tout simplement pas assez d'argent dans les caisses pour une nouvelle robe autrement. Puisqu'il était hors de question qu'elle aille dîner à Butler Springs dans ses vêtements de travail, le crédit auprès des sœurs avait été sa seule option.

Meg avait été attirée par une simple robe fourreau beige. Chaque fille avait besoin de quelque chose dans sa garde-robe qui pouvait être habillé avec un collier de perles ou décontracté avec une paire de sandales. Comme Meg n'avait ni sandales ni perles, être pratique pour ce soir n'avait aucun sens. À la place, elle avait suivi la suggestion de Sœur et acheté la robe bleu foncé sans manches avec la ceinture à la taille et la jupe évasée ainsi qu'un gilet léger noir pour plus tard. Sœur avait eu raison. En se regardant dans le miroir, Meg dut résister à l'envie de tournoyer comme elle et ses amies le faisaient quand elles étaient petites filles.

La tenue de ce soir se composait de sa nouvelle robe, avec de nouveaux accessoires – des chaussures de couleur neutre et un petit sac assorti. Les chaussures étaient presque aussi frappantes que la robe. Bout pointu avec un talon étroit, ni trop haut, ni trop bas, et une bride diagonale sur le cou-de-pied, les chaussures faisaient une déclaration classique. Pour deux femmes de campagne perdues au milieu de nulle part dans l'ouest du Texas, les sœurs avaient une fabuleuse petite sélection de vêtements pour femmes. Peu importe ce dont Meg avait besoin, les sœurs semblaient toujours avoir la pièce parfaite dans la bonne taille.

Un coup à la porte d'entrée arrêta son tourbillonnement enjoué. Redressant les épaules et lissant le tissu fluide sans autre raison que pour calmer ses nerfs, Meg manœuvra à travers le parcours d'obstacles jusqu'à la porte d'entrée. Inspirant une dernière fois, elle l'ouvrit d'un coup sec. Gracieusement.

— Salut.

Adam effleura son chapeau, et l'admiration brillait dans ses yeux.

— Salut.

Ç'aurait été trop facile de rester là toute la nuit, perdue dans la profondeur de ses yeux bleus comme la Méditerranée, mais Meg s'était suffisamment ridiculisée avec Jonathan pour plusieurs vies de femmes. Se forçant à détourner le regard, elle fit un geste vers les deux seules chaises de la pièce qui n'étaient pas empilées de cartons. N'arrivant pas à dormir, elle avait passé la nuit dernière à déplacer des cartons et à nettoyer l'espace.

— Entre.

Regardant par-dessus son épaule, il se balança sur ses talons et jeta un coup d'œil rapide autour de l'espace compact.

— Merci, mais j'ai fait des réservations.

— Oh.

Reculant d'un bond, elle hocha la tête.

— Laisse-moi prendre mon sac et on peut y aller.

— Aussi — il s'éclaircit la gorge et tendit son bras droit. — J'ai apporté ça. Ce n'est pas grand-chose mais…

— Des fleurs.

Son mot sortit doux comme un souffle.

— Le seul endroit où j'ai pu trouver des fleurs bleues à court préavis était dans le jardin de Mme Peabody. J'ai dû lui promettre des soins vétérinaires gratuits pendant six mois en échange de la permission de couper ses hortensias de prix.

— C'était très gentil de ta part. Ça ne prendra qu'une minute pour les mettre dans l'eau.

Elle ouvrit la porte un peu plus largement pour qu'il attende à l'intérieur et se précipita vers le petit mur d'armoires qui faisait office de cuisine et d'évier.

— Elles sont magnifiques.

Ouvrant et fermant plusieurs portes d'armoire, elle trouva enfin un vase convenable. Cela faisait si longtemps que Jonathan lui avait offert des fleurs. Des roses à longue tige livrées par un fleuriste. À l'époque, elle avait été ravie de ce magnifique arrangement. Maintenant, elles ne pouvaient pas se comparer à l'effort qu'Adam avait fait pour convaincre une voisine de se séparer de ses précieuses fleurs. Bleues. La couleur préférée de Meg. Il s'en était souvenu. Était-il aussi attentionné pour tout ?

Son esprit revint à ce premier matin où il avait insisté pour la mettre dans son camion afin qu'elle ne se casse pas une cheville. Comment il était parti à la recherche d'un animal potentiellement blessé, même s'il était épuisé après avoir passé toute la nuit avec une jument en difficulté. De toute évidence, Adam était le genre d'homme dont les rêves des femmes sont faits. Encore une fois, Meg avait appris à la dure à ne pas se fier aux apparences. Plaçant le vase sur la petite table d'entrée près de la porte, Meg étudia son rendez-vous pour la soirée. Son instinct lui disait qu'Adam Farraday était tout ce qu'il semblait être, et – si c'était vrai – cette jument n'était pas la seule à avoir de gros ennuis.

C'était absolument ridicule. Adam se sentait comme un adolescent à son premier rendez-vous. Lui apporter des fleurs cueillies à la main. Quelle façon de montrer ses racines campagnardes.

— Quelque chose ne va pas ?

— Non. Désolé, je réfléchis trop.

— Je sais ce que c'est.

À l'aise maintenant, elle se détendit dans son siège.

— Mon esprit adore tourner en rond. Retourner la même pensée encore et encore. Tordre et retourner les événements, cherchant chaque issue possible.

— La vie est imprévisible.

Après tout, combien de personnes s'attendaient à tomber sur une belle femme sur une portion isolée d'autoroute ?

— Tu prêches une convaincue.

Meg leva la tête et pivota sur son siège.

— As-tu déjà été marié ?

Il secoua la tête.

— Fiancé ?

Bien que lui et sa petite amie de lycée aient parlé de mariage de temps en temps, il n'y avait jamais eu de bague de promesse, et tout s'était terminé quand il était parti à l'université. Il secoua à nouveau la tête.

— Amoureux ?

— Personne ne sort du collège sans penser avoir été amoureux au moins une fois.

— Je ne parle pas de désir. Je parle d'amour.

Il savait ce qu'elle voulait dire. Il s'en était approché quelques fois.

— Pas comme tu l'entends.

Ses sourcils se hissèrent haut sur son front.

— J'ai fréquenté une fille assez régulièrement à l'université. Notre dernière année, à l'approche de la remise des diplômes, nous avons dû faire un choix. Soit elle restait à College Station avec moi pendant que je suivais les cours de l'école vétérinaire, soit nous prenions des chemins différents et poursuivions nos vies. J'aimais Connie. Et elle m'aimait. Peut-être que si nous avions décidé de rester ensemble, cela se serait transformé en ce genre d'amour stable qui te laisse satisfait dans ta vieillesse.

— Mais vous ne lui avez pas donné une chance ?

— Je l'aurais fait. À l'époque, je pensais que c'était la bonne chose à faire, mais Connie savait que nous n'avancerions vers des fiançailles que parce que c'était attendu de nous. Elle voulait quelque chose de plus.

Il n'avait jamais dit cela à haute voix, pas même à lui-même.

— Quelque chose que je ne pouvais pas lui donner.

— Peut-être que si j'avais été aussi intelligente que Connie, je ne serais pas dans ce pétrin.

— Dans quel pétrin es-tu, Meg ?

Voilà, il lui avait carrément posé la question.

Suçant ses lèvres entre ses dents, elle ferma les yeux un moment, avant de se redresser et de le regarder droit dans les yeux.

— Ce n'est pas un secret. Plus maintenant. Mon fiancé est un escroc. Un arnaqueur. Il a utilisé l'entreprise de mon père pour attirer des investisseurs, leur a promis des rendements ridicules, et, au lieu d'investir leur argent, il utilisait les nouvelles dupes pour payer des « dividendes » aux investisseurs précédents.

— Une pyramide de Ponzi.

Ces dernières années, les escrocs suceurs de sang comme son ex semblaient se reproduire comme des lapins avides.

— Ouais, c'est ce que le FBI m'a dit.

— Le FBI ?

Ses yeux se fermèrent, et sa tête retomba contre le dossier.

— Le mariage n'était qu'à trente minutes. J'étais dans la salle de préparation. Probablement la première mariée de l'histoire des mariages à arriver en avance. Il y a eu un peu d'agitation devant ma porte. Le mari de ma demoiselle d'honneur se disputait avec un type qui avait un badge accroché à sa ceinture. Je ne suis même pas sûre de pourquoi j'ai remarqué le badge.

Elle se tourna de nouveau vers Adam.

— Jonathan n'avait pas d'amis proches. Il a demandé au mari de ma demoiselle d'honneur d'être son témoin. Il a plaisanté en disant que mes amis étaient ses amis, mais j'aurais dû voir qu'il y avait quelque chose de plus.

— Beaucoup de gens sont timides ou introvertis ou trop concentrés sur leurs études ou leur carrière pour maintenir des amitiés. La plupart des gens ne sautent pas à la conclusion que cela signifie qu'ils sont des escrocs ou des arnaqueurs.

— Non.

Elle eut un petit rire.

— Je suppose que non. Mais quand même…

Il attendit un long moment avant de l'inciter à continuer.

— Que s'est-il passé ensuite ?

— L'agent du FBI s'est excusé d'avoir interrompu le mariage. Quelque chose à propos de mandats retardés, d'avoirs gelés, et que c'était inévitable. Maintenant que j'y repense, je suis presque certaine que, avant que j'ouvre la porte, il avait argumenté avec le mari de ma demoiselle d'honneur que, si je n'étais pas impliquée, je les remercierais de ne pas avoir attendu la lune de miel pour arrêter Jonathan.

Elle eut un nouveau rire. Pas un son amusé mais plutôt un souffle caustique.

— Ça aurait été difficile à réaliser. Nous devions aller à Paris.

— Je suppose que tu parles de la France. Pas du Texas.

Cette fois, son rire était plus doux, presque musical.

— Pas du Texas.

Ce n'était pas vraiment le scénario « a surpris son ex au lit avec sa meilleure amie » auquel il s'attendait. Mais au moins, ce n'était pas non plus le cas « légalement mariée à un homme dangereux » qu'il avait craint.

— Et c'est à ce moment-là que tu es montée dans ta voiture et que tu as continué à rouler.

— Je crois que je n'ai jamais été aussi en colère de ma vie.

La colère était compréhensible. La première étape du deuil.

— S'il était ici maintenant, je pense que je lui tirerais encore dans les couilles.

Adam sentit les siennes se contracter dans son caleçon.

— Un peu drastique, tu ne crois pas ?

— Non. Apparemment, l'argent qu'il volait aux clients de mon père ne lui suffisait pas. Il a pratiquement vidé tous mes comptes aussi. Et maxé mes cartes de crédit.

— Et le travail ? Tu dois avoir un emploi à Dallas.

— Avais. Après le mariage, je devais me concentrer sur ma propre entreprise.

— C'est quoi ?

— Je suis dans la gestion hôtelière. Dallas a la démographie parfaite pour les hôtels boutiques. Jonathan devait s'occuper des finances, et moi, des détails de l'hôtel.

— Et maintenant c'est terminé.

Sa tête s'inclina et les larmes s'accumulèrent dans ses yeux. Une larme s'échappa sur sa joue, et elle l'essuya du revers de la main.

— Je suis désolé.

Les mots sonnaient plutôt faibles, mais c'était tout ce qu'il pouvait faire.

— Je ne suis pas vraiment une super compagne de soirée.

Elle essuya une dernière fois et plaqua un sourire tremblant.

— Je pourrais dire la même chose. C'est moi l'idiot qui t'a demandé de raconter tout ça. Je suis vraiment désolé qu'il t'ait fait du mal.

Adam était un peu surpris de constater à quel point il voulait mettre la main sur son ex. Et le réduire en miettes.

— Eh bien, le gars du FBI avait raison sur une chose. Je suis très heureuse qu'ils n'aient pas attendu.

Elle se repositionna, son genou reposant sur le siège.

— Il s'avère que j'étais amoureuse d'un mirage. De l'idée d'être amoureuse. Chaque fille rêve du Prince Charmant et de son jour de mariage. Je devrais être plus bouleversée.

Il ne voulait pas lui faire remarquer qu'elle avait l'air plutôt bouleversée selon lui.

— Pas à propos du mariage, de l'argent ou de ce qu'il a fait à mon pè… à ma famille. Pour ça, je suis furieuse. Mais je ne suis même pas un peu déçue de ne pas être mariée à Jonathan. C'est assez effrayant de réaliser que je pouvais en savoir si peu sur l'amour.

À l'entrée de la ville de Butler Springs, les lumières du nouveau steakhouse apparurent devant eux. Adam relâcha l'accélérateur et tourna dans le parking. Tant de choses avaient été partagées pendant le trajet que sa tête tournait. Trottant jusqu'au côté passager, il ouvrit la porte et l'aida à descendre, comme c'était devenu son habitude maintenant. Seulement cette fois, il était assez proche pour sentir l'odeur de son shampooing. Quelque chose de sucré et vanillé.

— Merci, dit-elle en souriant, la tristesse ayant disparu de ses yeux.

— Encore.

— De rien. Encore.

Il s'attarda un peu plus longtemps qu'il ne l'aurait dû. Assez longtemps pour remarquer l'éclair de chaleur dans ses yeux, envoyant tout le sang de ses veines vers le sud. Se forçant à reculer, Adam se demanda à quel point l'ex-fiancé de Meg avait encore de l'emprise sur elle.

CHAPITRE QUINZE

— Je n'y crois pas. Meg secoua la tête, échouant lamentablement à retenir son rire. — Tu as vraiment attaché ta sœur aux poteaux de but ?

— Coupable comme accusé. Mais pour notre défense, elle portait tout son équipement de protection. Quand Grace s'est plainte à Tante Eileen, elle a refusé de croire que nous ferions quelque chose d'aussi odieux.

— Vous vous en êtes tirés ? Sa voix monta de quelques octaves.

— Non. Adam sortit son portefeuille de sa poche arrière. — Finn nous a dénoncés. Mais pas intentionnellement. Il a dit à Tante Eileen qu'il voulait une vraie crosse de hockey pour Noël. Ça lui a semblé bizarre, alors elle lui a demandé s'il aimait jouer au hockey avec ses frères. Comme Finn était le plus jeune des garçons, il ne jouait pas souvent avec Connor, Brooks et moi, alors il était tout excité qu'on l'ait accepté dans l'équipe.

— Une seule équipe ?

— À seulement six, on joue au jeu de qui garde le palet. En alternant les périodes. Une équipe essaie de marquer, l'autre garde le palet. Trois dans une équipe. Trois dans l'autre.

— Et c'est pourquoi vous aviez besoin d'un septième comme gardien de but.

— Exactement. Il plaça plusieurs billets dans le porte-addition noir avec la note du dîner. — Puis Tante Eileen lui a posé la question piège.

Meg ne pouvait s'empêcher de sourire. Plus elle entendait d'histoires, plus elle appréciait la tante d'Adam. Toute sa famille d'ailleurs.

— C'était quoi ?

— « Je parie que ce n'est pas drôle de devoir jouer avec une fille ? »

— Oh là là. Il est tombé dans le piège, n'est-ce pas ?

— Il n'avait que sept ans. Oui. Il est tombé dedans. Ce soir-là, après le souper, mon père nous a fait asseoir tous les six dans la bibliothèque et nous a posé la question sans détour.

— Qu'avez-vous dit ?

— La vérité. Aucun de nous n'aurait jamais menti à Papa. On pouvait contourner la vérité de temps en temps. Omettre quelques faits. Peut-être lancer des leurres pour le distraire, mais jamais mentir en face.

— Aucun d'entre vous ?

Adam se leva et, arrivé à sa chaise, la tira pour elle.

— Aucun d'entre nous. Jamais.

— Même pas pour sauver votre peau ? Elle faillit sursauter quand sa main chaude se posa au bas de son dos, la guidant vers la porte.

— Si tu ne peux pas faire confiance à la parole d'un homme, tu ne peux pas faire confiance à l'homme.

La façon dont les doigts d'Adam reposaient à peine contre son dos empêchait Meg de penser clairement. Les pensées prenaient deux fois plus de temps pour voyager de son cerveau à sa bouche et former des mots.

— La confiance. Oui.

— Un homme n'est rien sans respect. L'honneur est important dans notre famille, plus que de belles paroles.

Il ne faisait aucun doute que, contrairement à son ex pleurnichard, l'honneur et le respect étaient tatoués sur l'ADN des Farraday.

— C'est pourquoi l'un de tes frères est un marine.

— Trois en fait.

— Trois ?

— Une fois marine, toujours marine. Connor et D.J. ont tous deux fait quatre ans chacun.

— Laisse-moi deviner. D.J. était dans la police militaire ?

Hochant la tête, Adam poussa la porte de sortie, jetant

un rapide coup d'œil dans la rue.

— C'est une belle soirée. Il y a un parc avec un petit étang au bout de la rue. Tu veux faire une promenade ?

— Oui. Je me sens comme une dinde à Thanksgiving. J'ai besoin d'exercice. C'était, soit dit en passant, incroyablement délicieux. Merci.

— Tout le plaisir est pour moi. Il effleura son chapeau et lui tendit son coude.

Il ne lui manquait qu'une robe en vichy et un chapeau de paille pour se sentir comme un personnage d'une vieille série western. Pendant quelques secondes, elle se laissa baigner dans la sérénité du moment.

— Et tes autres frères ? L'un d'eux a-t-il envisagé l'armée ?

— Pas vraiment. Ça ne semblait pas pratique pour Brooks ou moi, tous deux face à huit ans d'études plus quatre années d'internat et de résidence. Finn est marié au ranch depuis avant la puberté. Adam rit sous cape. — Le gamin était déjà adulte et prêt à prendre les rênes à son dixième anniversaire.

Le devoir envers la famille était aussi évident pour tout observateur de ce clan soudé que l'horizon du Texas de l'Ouest, mais apparemment, le devoir envers le pays était tout aussi fort dans la famille Farraday. Et, si les frères qu'elle n'avait pas encore rencontrés ressemblaient à Adam, elle pourrait probablement ajouter le devoir envers les étrangers à la liste.

— Depuis combien de temps Ethan est-il engagé ?

Le muscle de la mâchoire d'Adam se tendit avant qu'il n'ouvre la bouche pour parler.

— Ça va faire sept ans. Il fera ses vingt ans, ou aussi longtemps que l'Oncle Sam le laissera voler.

Il se tut un instant et, même sans avoir de proches dans l'armée, Meg savait ce qui venait de traverser l'esprit d'Adam. Ou aussi longtemps que l'ennemi ne l'abattra pas.

— Ne te méprends pas, poursuivit-il. Ethan aime le ranch autant que nous tous, mais il aime piloter cet hélicoptère plus que dix ranchs ou cent femmes.

— Amateur de femmes, hein ? Baissant le menton tout

en le regardant, elle fit de son mieux pour lui lancer un sourire malicieux.

— Eh bien… Ses mots s'estompèrent. À travers sa veste, elle pouvait sentir les muscles forts de son bras se contracter de tension.

— C'est bon. Elle rit. — Je te taquinais. Je n'ai jamais été soldat, ni homme, mais je suis sûre qu'il y a un équivalent chez les marines à une fille dans chaque port. Peut-être plusieurs. Filles. Pas ports.

— Les hommes qui travaillent dur ont tendance à s'amuser dur. Adam ne la regardait pas. Il gardait son regard sur le trottoir devant. — On lit tous les battages médiatiques sur les équipes SEAL ou les Forces Spéciales, et on imagine toutes les choses sur les opérations noires que personne ne nous dit, mais les équipes n'arrivent pas où elles vont sans aide.

— Les pilotes d'hélicoptère, murmura-t-elle. Un lointain souvenir d'un reportage sur le crash d'hélicoptère Chinook lors de la mission secrète qui a tué Oussama Ben Laden surgit dans son esprit. Pour la première fois depuis qu'elle avait entendu des bribes sur les frères Farraday restants, Meg réalisa à quel point le monde d'Ethan Farraday était dangereux.

— Nous y voilà. Adam s'arrêta au bord du parc. — Qu'en penses-tu ?

— C'est comme remonter dans le temps. Une pelouse luxuriante, entourée de sentiers en pavés et de massifs fraîchement fleuris, tous centrés autour du kiosque à musique victorien jaune et blanc au milieu.

— Ils y organisent des foires et des festivals tout au long de l'année. Laissant retomber sa main, il la posa de nouveau au bas de son dos et la dirigea vers les marches.

De l'autre côté de cette structure unique de style pain d'épice, un petit étang miroitait sous le clair de lune.

— J'aimerais avoir un appareil photo. Mon petit téléphone prend de terribles photos.

De sa poche de poitrine, Adam sortit son smartphone.

— Voilà. Il est meilleur que la plupart des appareils photos.

Qu'y avait-il dans son sourire qui faisait danser son cœur et asséchait sa bouche ?

— Merci.

Lui tournant le dos, elle dut prendre une profonde inspiration quand il vint se tenir derrière elle et posa ses mains sur ses épaules.

Pourquoi devait-il continuer à la toucher ? Non pas qu'il y ait quoi que ce soit d'impoli ou d'inconvenant dans ce geste amical, mais ses poumons s'étaient figés, et ses mains tremblaient presque du besoin de poser ses doigts sur lui. N'importe où. Partout.

Reprends-toi, Margaret Colleen.

Tomber pour un joli minois avait déjà attiré suffisamment d'ennuis à Meg. Elle leva l'appareil et prit une photo de l'eau étincelante. Une autre de la lune haute dans le ciel. Elle tenta sa chance et retourna l'objectif pour voir qu'Adam regardait au-dessus de son épaule vers un point distant. Elle prit une photo de lui. Et une autre. Se tournant légèrement vers la droite, elle prit un cliché d'une maman canard, s'éloignant de l'étang avec une rangée de canetons derrière elle. Avant qu'elle ne puisse cliquer pour la prochaine prise, Adam se pencha, ses lèvres contre son oreille, et toutes sortes de sensations de picotement commencèrent à ricocher en elle.

— Fais-moi savoir si tu commences à sentir le froid.

Froid ? Plaisantait-il ? Si elle devenait plus chaude, elle s'auto-combustionnerait. Avait-elle jamais dans toute sa vie été si excitée par les mains d'un homme sur ses épaules entièrement vêtues ? Par le son de sa voix douce comme du cognac vieilli dans son oreille ? Serait-il totalement paniqué si elle se retournait et l'embrassait jusqu'à ce qu'elle l'ait complètement avalé ?

Dieu qu'elle avait besoin de maîtriser ses émotions. Prenant de petites inspirations lentes, elle captura, ou du moins prétendit capturer, quelques photos de plus. Ne voulant pas perdre le contact de ses mains sur elle et pourtant pas sûre de pouvoir prononcer une phrase intelligible, elle baissa les yeux pour se transférer les photos par SMS. Son téléphone jetable signifiait que les photos arriveraient sans être tracées. Du moins, elle l'espérait. Et, si elle se trompait, à ce moment précis, elle s'en fichait royalement. Tout ce qu'elle voulait, c'était avoir la photographie de ce visage fort et ciselé pour lui rappeler dans les nuits froides et solitaires qu'il existe des endroits dans ce monde où les hommes bien existent vraiment.

Pourquoi se torturait-il ? À chaque respiration, il pouvait sentir l'odeur de son shampooing. Cette même vanille qu'il avait remarquée plus tôt au café. Seulement cette fois, elle était mélangée à un mélange floral de quelque parfum léger. Un parfum qui l'avait presque mis à genoux de désir pour elle. Ou peut-être que ce n'était pas du tout le parfum. Juste elle. La façon dont elle couvrait sa bouche quand elle essayait de ne pas rire. La façon dont ses yeux s'illuminaient à la vue du canard et de ses canetons. Comment elle avait pris sa photo quand elle pensait qu'il ne regardait pas.

Seigneur, il voulait cette femme. Mais peu importe à quel point elle insistait sur le fait que son ex-fiancé et le mariage annulé d'il y a seulement quelques semaines étaient loin derrière elle, une chose du passé, son instinct lui disait qu'il avait affaire à une pouliche qui pouvait facilement s'effaroucher s'il allait trop vite. Et en ce moment, il voulait du rapide et du dur, puis recommencer tout en douceur et lenteur.

Sous ses doigts, ses épaules tremblaient, et il n'osait pas penser que c'était à cause de lui. En ce début de saison, l'air du soir était encore vif. Frais.

— On devrait retourner à la voiture.

— Juste une minute de plus.

Ses mains bougeaient rapidement.

— Dernière… photo… envoyée.

Arborant un sourire triomphant, elle se retourna pour lui faire face.

— C'est…

Des yeux sombres et affamés se posèrent sur ses lèvres. Puis lentement, penchant la tête en arrière, son regard se leva et se mit au niveau du sien.

— C'est. Fini.

Son téléphone serré dans une main, son autre main étalée à plat sur sa poitrine. Une étincelle de surprise scintilla dans ses yeux bleu ardoise. Avait-elle senti son cœur galopant sous ses doigts ? Ou répondait-elle simplement à la faim dans ses yeux ? Ou peut-être était-ce la preuve de combien il la désirait, pressant fermement entre eux, l'éléphant pas si discret dans le kiosque.

Quelle qu'en soit la raison, il avait deux choix. Prendre une profonde respiration, reculer, mettre de la distance entre eux, puis ramener Meg en sécurité au café. Mais sa seconde option avait beaucoup plus d'attrait. Glissant ses mains le long de ses côtés dans une douce caresse, ses bras se glissèrent derrière son dos, se posant bas sur sa colonne vertébrale, la pressant encore plus près de lui tandis que sa tête s'abaissait, ne rompant jamais le contact visuel jusqu'à la seconde où ses lèvres touchèrent les siennes. Tout en elle s'ajustait parfaitement, se moulait à lui, se fondait avec lui, le capturait. Le feu brûlait de l'intérieur, et Meg O'Brien était son seul espoir d'éteindre les flammes. Les langues s'entremêlaient et entraient en collision ; les mains erraient et exploraient. Quand elle libéra le plus petit gémissement de plaisir, Adam perdit presque le peu de contrôle qui lui restait ; ses hanches se balancèrent vers elle dans une danse aussi vieille que les âges.

Juste un goût de plus. Une caresse de plus. Une seconde de plus de son corps pressé contre le sien. Et plus que tout autre chose à ce moment précis, il savait qu'un peu plus de n'importe quoi avec Meg O'Brien ne serait pas suffisant.

CHAPITRE SEIZE

Mais qu'est-ce qu'elle était en train de faire ? Meg était au beau milieu du meilleur baiser qu'elle ait jamais connu de toute sa vie — mieux même que la plupart des expériences sexuelles qu'elle avait eues. Voilà ce qu'elle était en train de faire. Et elle n'avait absolument pas envie d'arrêter.

Cet homme savait ce qu'il faisait ; ses mains bougeaient à peine, et pourtant le plus léger des effleurements provoquait une vague de chaleur qui se propageait jusqu'à chaque terminaison nerveuse. Seigneur, cet homme savait embrasser. Elle sentait une pulsion de désir entre ses jambes à chaque mouvement de sa langue.

— Meg, souffla Adam contre sa bouche, nous sommes en public.

Il embrassa ses lèvres, le coin de sa bouche, descendit vers son menton avant de remonter vers l'autre coin, puis s'écarta. La gardant près de lui, ses mains toujours sur ses hanches, il posa son menton sur le haut de sa tête. De lentes respirations saccadées reflétaient sa propre tentative de reprendre ses esprits et de contrôler son corps.

— Tu n'as pas idée à quel point je déteste dire ça, mais nous devons ralentir.

Le bon sens serait d'accord avec lui. Sauf qu'en cet instant, le sien était introuvable. Prenant une longue inspiration apaisante et la relâchant dans un souffle lent et saccadé, elle appuya son front contre la poitrine d'Adam. Le battement rapide de son cœur correspondait au sien. Il avait raison bien sûr. Ils n'étaient pas un couple d'adolescents en train de s'embrasser dans un coin isolé. C'était un homme adulte et, s'arrêter comme ça, en public ou non, devait être aussi difficile pour lui que pour elle.

— On ne voudrait pas que les voisins appellent la police.

— Ce serait D.J. ? marmonna-t-elle contre sa chemise.

— Non. Mais il le saurait.

Elle faillit rire.

— On adore les frères.

— Surtout celui qui saurait que j'ai été arrêté pour attentat à la pudeur.

C'était discutable. En ce qui la concernait, Adam Farraday était bien plus que décent.

— Je suppose.

Elle se redressa dans le cercle de ses bras, et faillit gémir quand il la lâcha et fit un demi-pas en arrière.

— Je suppose qu'on devrait retourner à Tuckers Bluff.

— Ouais.

Dans des mouvements simultanés qui auraient pu être chorégraphiés, leurs têtes s'inclinèrent et ils firent chacun deux pas en arrière et, plus précisément, s'éloignèrent l'un de l'autre. Dans un silence confortable, ils revinrent sur leurs pas jusqu'au parking. En parfait gentleman, Adam lui ouvrit la portière de son pick-up et attendit qu'elle soit confortablement installée pour trottiner vers le côté conducteur et démarrer son véhicule.

En sortant de la ville et sur la ligne droite de la route déserte, un sourire satisfait tira les coins de sa bouche.

— C'était agréable.

L'expression rigide d'Adam se détendit.

Elle pouvait voir la tension disparaître de ses épaules.

— Très agréable.

À quelques minutes de la ville, il tendit la main par-dessus la console et accrocha quelques doigts aux siens. Au moment où ils étaient à mi-chemin de leur retour, leurs mains étaient entrelacées dans une étreinte confortable, et la conversation avait dérivé vers des histoires éparses de vie citadine versus vie campagnarde. Pas une seule fois l'un ou l'autre n'aborda les sujets de son mariage avorté, de son mauvais jugement des caractères, des hommes, ou de combien de temps elle resterait en ville et, plus important encore, pourquoi elle restait.

Tant de questions le démangeaient. Et pourtant, il ne cherchait pas de réponses. Pas maintenant. Pas ce soir. À cet instant, sa seule préoccupation était de se maîtriser et de les ramener à Tuckers Bluff. Dans l'état où il se trouvait, il n'était pas sûr qu'un bain glacé puisse calmer sa libido. Dans son esprit, il réfléchissait déjà à diverses façons de prolonger leur temps ensemble. Un café au Silver Spurs semblait le plus sûr. Toute suggestion qui impliquerait son appartement ou le sien, et il ne pouvait pas promettre qu'il serait capable de garder ses mains, ou autre chose, loin d'elle. Malgré le baiser brûlant qu'ils avaient partagé dans le parc, il n'était pas convaincu qu'elle soit vraiment prête à gérer beaucoup plus.

Son simple plan de café tardif et de compagnie s'effondra lorsqu'il entra dans la ville et réalisa l'heure. Le café était sombre. Il serra les dents et accepta le fait que la fermeture anticipée d'Abbie avait scellé le sort de cette soirée qui se terminerait plus tôt que prévu. Ralentissant dans la rue, une tentative futile pour prolonger son temps avec Meg, Adam finit par se garer sur le parking près de l'entrée arrière menant à son appartement à l'étage. Sans dire un mot, il sauta hors de la voiture et se précipita du côté passager.

— Rentrée saine et sauve, ma dame.

Meg gloussa, et il réalisa à quel point il aimait ce son. Et voulait l'entendre à nouveau. Revisitant son débat intérieur sur l'idée de l'inviter à entrer, il repéra la voiture de police noir et blanc qui remontait tranquillement la rue. Quand la voiture s'arrêta au bord du trottoir, Adam se redressa de toute sa hauteur.

— Qu'est-ce qui ne va pas ?

Meg tourna la tête, regardant par-dessus son épaule, et suivit son regard. Il sut à l'instant où elle repéra D.J. sortant de sa voiture de patrouille. Ses épaules se raidirent, et sa prise sur sa main se resserra de façon presque imperceptible. La tension nerveuse émanait d'elle en vagues étouffantes.

Ni l'un ni l'autre ne dit un mot, attendant que D.J. les repère debout à l'arrière du parking. Il ne fallut que quelques secondes au chef de police pour voir le pick-up d'Adam et quelques autres pour se concentrer sur eux deux à côté. Lorsque D.J. avança pour traverser la rue, Meg fit un petit pas plus près d'Adam.

Ce geste le fit presque sourire. Il aimait qu'elle se rapproche instinctivement de lui pour se protéger. Il aimait beaucoup ça.

— Qu'est-ce qui t'amène ici, petit frère ?

De la même taille que son frère, Adam savait que D.J. n'aimait pas être qualifié de petit quoi que ce soit, mais Adam pouvait voir au tic de la mâchoire de D.J. que ce qui l'amenait ici ne serait pas écarté par une plaisanterie. Il s'arrêta devant eux.

— Bonsoir.

D.J. effleura son chapeau vers Meg.

— Pourrions-nous entrer quelques minutes ? J'ai besoin de vous parler.

Meg sembla hésiter, comme si elle allait dire non, puis ses yeux se levèrent vers le deuxième étage.

— Je ne suis pas installée pour recevoir.

Ayant vu l'endroit plus tôt dans la soirée, Adam savait que l'appartement n'était adapté que pour un entrepôt.

— J'ai bien peur que ce soit officiel.

Son regard se porta sur Adam.

Si D.J. pensait qu'Adam allait laisser Meg seule pour lui faire face en sa qualité officielle, il se trompait lourdement.

— Pourquoi ne pas faire ça de l'autre côté de la rue ? Mon mobilier est facilement accessible.

Meg tourna un regard reconnaissant dans sa direction.

— Je pense que vous savez de quoi il s'agit.

D.J. garda son attention sur elle, ignorant son frère.

— C'est à vous de décider, Meg.

Elle hocha la tête et, sans un mot, tous trois traversèrent la rue presque en formation militaire. Gauche, droite ; gauche, droite. À chaque pas, l'estomac d'Adam se nouait comme un serpent à sonnettes sur le point d'attaquer. Avant que D.J. n'apparaisse, Adam n'aurait pas osé toucher Meg à nouveau. Pas à moins qu'ils n'envisagent de partager le petit-déjeuner. Mais maintenant, l'inquiétude pour elle faisait ratatiner ses couilles et son bras entourait protectivement sa taille. Il avait déjà vu ce regard sur le visage de son frère. Et, si le passé était une indication, la soirée n'allait pas bien se terminer pour Meg.

Meg voulait croire que ce tête-à-tête à venir n'était rien dont elle devait s'inquiéter, mais les poils qui se hérissaient sur sa nuque lui disaient le contraire. Dans un silence lugubre, ils traversèrent la rue et, un par un, entrèrent dans l'appartement d'Adam.

L'intérieur n'était pas ce à quoi elle s'attendait. Franchissant lentement le seuil, elle prit son temps pour regarder autour d'elle. De grands meubles en cuir ornaient le salon — ce qui n'était pas extraordinaire pour un homme célibataire, ni la table de bistrot en bois foncé et les chaises qui occupaient la salle à manger. Mais c'était la cuisine modernisée avec des armoires couleur espresso et des plans de travail imitation marbre qui l'a vraiment surprise. Les gadgets le long du comptoir suggéraient quelqu'un qui s'intéressait à la cuisine. Les murs présentaient des photographies encadrées de bon goût. De belles œuvres d'art et occasionnellement des bibelots ornaient les tables et les étagères, et donnaient à l'endroit une atmosphère très masculine, mais chaleureuse. D'une certaine façon, elle s'attendait à un appartement désuet, semblable aux pièces du café qu'elle occupait actuellement avec des meubles récupérés de ses années d'étudiant.

Adam les conduisit vers le canapé. Il ne se préoccupa pas des offres polies de nourriture ou de boisson, et Meg réfléchissait aux raisons possibles pour lesquelles D.J. voudrait lui parler officiellement. Elle fut la première à s'asseoir. Adam prit place à côté d'elle, et D.J. s'assit dans le fauteuil en face d'eux.

— De quoi s'agit-il, D.J. ?

Adam gardait sa voix basse et égale. Quelque chose qu'elle n'était pas sûre de pouvoir faire.

Adam était peut-être celui qui avait posé la question, mais c'est à Meg que D.J. s'adressa.

— Je suis sûr que vous avez déjà entendu parler de la libération sous caution de votre ex-fiancé.

Meg hocha la tête.

— C'était partout aux informations hier soir.

— Ce que vous ne savez pas, c'est qu'il propose de conclure un accord en échange de témoigner contre votre père.

— Non.

La syllabe unique ressemblait plus à un cri qu'à une dénégation.

Sa main déjà entre eux, Adam changea de position et enveloppa la paume de Meg dans la sienne.

— Et tu sais ça comment ?

D.J. secoua légèrement la tête.

— Tu devrais vraiment avoir un peu plus confiance en moi.

— Et tu devrais vraiment répondre à ma question. Comment le sais-tu ?

— J'ai toujours des amis à Dallas. Des contacts. Il avait dû voir la confusion sur le visage de Meg car il poursuivit rapidement :

— Après avoir quitté les Marines, j'étais dans la police de Dallas.

Meg hocha la tête, pas sûre de comment tout cela allait l'affecter.

L'expression sévère de D.J. s'adoucit légèrement.

— Meg, je suis désolé, mais le grand jury a mis votre père en accusation aujourd'hui. Fraude sur valeurs mobilières.

La peur pour son père resta coincée dans sa gorge.

— Ça empire.

Pire ? Comment cela pourrait-il être pire ?

D.J. se pencha en avant.

— Vous avez été désignée comme personne d'intérêt.

— Moi ?

— Il semble que Jonathan pointe du doigt tout le monde. Il y a eu des dépenses douteuses—

— Ce fils de pute.

Meg bondit de son siège.

— Ce menteur, ce tricheur—

Ses mains se serrèrent en poings le long de son corps.

— ce salaud !

Il était impossible de manquer le regard échangé entre les deux frères.

— Quoi ?

Elle regarda D.J.

— Qu'est-ce que vous ne me dites pas ?

— Je ne peux pas ignorer que vous êtes ici à Tuckers Bluff, répondit D.J. Le FBI envoie deux agents alors que nous parlons. Je suis censé vous garder en détention.

— Ce ne sera sûrement pas nécessaire.

Adam se leva et, se plaçant derrière elle, posa ses mains sur ses épaules.

— Elle ne va pas s'enfuir.

— Elle l'a fait avant.

— Ce n'est pas ce que vous croyez, murmura-t-elle.

— Pourquoi ne me dites-vous pas ce que je crois ? dit sévèrement D.J. Et n'omettez rien.

CHAPITRE DIX-SEPT

Adam restait silencieux pendant que Meg racontait tout, depuis le FBI dans la salle de l'église avant le mariage jusqu'à comment elle s'était retrouvée sur la route menant à la ville.

Les doigts entrelacés, elle semblait devenir plus inquiète en parlant de son père.

— Comment ça va se passer maintenant ? Est-ce qu'il va aller en prison ?

— La police va l'arrêter sur la base de l'inculpation. Il comparaîtra devant le juge et demandera une caution. Qu'elle soit accordée ou non, ou pour quel montant, dépend de beaucoup de facteurs. Je ne suis ni avocat ni juge.

— Elle a besoin d'un avocat. Adam connaissait quelques bons juristes dans le comté. Ceux qui rédigeaient des testaments et réglaient des petits litiges. Mais aucun à qui il confierait l'avenir de Meg.

— Tu dois connaître quelqu'un ? dit Adam à son frère.

Les yeux de D.J. se plissèrent tandis qu'il étudiait Adam. Il ne se posait pas de questions différentes de celles d'Adam. Adam ne connaissait Margaret Colleen O'Brien que depuis deux semaines et n'avait eu qu'un seul vrai rendez-vous avec elle, et pourtant il était prêt à s'engager pour elle. Si D.J. demandait à Adam pourquoi, il ne saurait pas répondre, mais son instinct lui disait qu'il ne pouvait rien faire d'autre. Ce n'était pas qu'une question de désir brûlant pour une femme qui pouvait le mettre à genoux avec un simple baiser. Peut-être était-ce la façon dont elle s'était inquiétée pour un chien blessé la première fois qu'il l'avait vue. Ou comment elle s'était précipitée pour faire un travail pour lequel elle n'avait jamais été formée son premier jour au café. Ou la manière dont elle avait accepté de jouer aux cartes avec sa tante, la seule femme qui – jusqu'à présent – avait jamais compté pour lui.

— Adam…

— Est-ce que tu connais quelqu'un ? répéta Adam.

— Excusez-moi. Meg regarda d'un frère à l'autre. — Je connais un avocat.

Le simple fait qu'elle ne proteste pas contre la nécessité d'avoir un avocat pour être interrogée par le FBI lui indiquait qu'il y avait plus de choses qu'elle ne lui avait pas dites. Mais Adam refusait de croire qu'elle était une escroc. Cela n'avait aucun sens. Non seulement parce qu'il n'y avait aucune raison pour qu'elle se soit enfuie lécher ses blessures si elle avait été au courant des manigances de son ex-fiancé, mais aussi à cause de la façon dont elle se comportait avec lui et tous les autres habitants de cette ville.

— Pour l'instant, le FBI veut simplement vous interroger, mais Adam a raison. Ça ne fait jamais de mal d'avoir un bon avocat à ses côtés.

Elle baissa la tête et sortit son téléphone. Adam observa ses longs doigts fins glisser sur l'écran, faire défiler et tapoter. Le téléphone à l'oreille, tout le monde attendit.

— Salut, maman. Oui. Je vais bien. Non, je ne suis pas prête à rentrer à la maison. Elle jeta un coup d'œil à D.J. — Maman, je crois que j'ai besoin d'un avocat.

De toutes les façons dont il aurait pu prévoir que cette soirée se terminerait, voir Meg attendre d'être interrogée par le FBI n'en faisait certainement pas partie. Détournant son attention de Meg et de la façon dont elle tenait fermement le téléphone contre son oreille, Adam regarda son frère.

Penché en avant, les mains jointes négligemment entre ses genoux, D.J. donnait l'image d'un observateur décontracté, mais Adam savait que son frère était tout sauf cela. D.J. était en alerte, écoutant attentivement, et Adam soupçonnait, au tic qui agitait sa mâchoire, que laisser Meg discuter avec sa mère n'était pas le protocole habituel.

En fait, Adam soupçonnait que rien de ce qui venait de se passer dans son salon ne correspondait aux procédures opérationnelles standard. Très probablement, si Meg avait été n'importe qui d'autre, une étrangère que la ville n'avait pas adoptée comme l'une des leurs, cette conversation aurait eu lieu dans le bureau de D.J. au poste de police. Peut-être même derrière les barreaux. Ce n'était pas une pensée sur laquelle Adam voulait s'attarder. Tous les films de prison qu'il avait vus défilèrent devant lui à grande vitesse. L'idée de Meg derrière des barreaux ne serait-ce qu'une heure, sans parler d'années, lui donnait envie de vomir. Et il avait pourtant un estomac en acier.

— Je sais, maman. Je suis désolée de t'avoir inquiétée.

Les paroles de Meg ramenèrent l'attention d'Adam vers elle. Il ne pouvait qu'imaginer ce que sa famille traverserait si l'un d'eux disparaissait sans un mot.

Meg se retourna et fouilla dans son sac, en sortant un stylo et du papier.

— Vas-y.

Le regard de D.J. restait fixé sur Meg. Pensait-il vraiment qu'elle essaierait quelque chose de sournois ? Parler en code ? Révéler des informations classifiées ? Ou peut-être les maîtriser tous les deux et s'échapper ?

Pour Adam, le pire était de se sentir totalement impuissant. Toute sa vie, les Farraday avaient vécu selon le principe « vouloir, c'est pouvoir ». Son père les avait tous poussés à poursuivre leurs rêves, quels que soient les défis. Rien qui ne puisse être accompli avec un peu d'huile de coude et de matière grise. Sauf arranger ça.

Détournant son attention de Meg vers son frère, un éclat de lumière attira son regard. Regardant par la fenêtre, il en chercha la source. La seule lumière dans la rue à cette heure était l'enseigne du Silver Spurs Café. À l'extérieur de sa fenêtre, il n'y avait rien d'autre que l'obscurité de la nuit, puis il la vit à nouveau. Un autre éclat, qui cette fois traça une ligne avant de disparaître.

— Qu'est-ce que c'est ? demanda D.J., ses yeux suivant le regard d'Adam.

— Je ne sais pas.

Les secondes s'écoulèrent, et Adam se demanda si ce serait un autre de ces incidents inexplicables, comme le chien. Et voilà que ça recommençait.

Ils bondirent tous deux sur leurs pieds et se tournèrent vers Meg.

— Raccroche, ordonna D.J.

Les yeux de Meg s'écarquillèrent de surprise.

— Maintenant.

— Euh, je dois y aller, maman. Je t'appellerai bientôt. Je te le promets. Elle effleura son téléphone, et ses yeux remplis de peur se tournèrent vers Adam.

— Est-ce que tu attends quelqu'un chez toi ? demanda Adam.

Meg secoua la tête.

Adam et D.J. échangèrent un regard, et le menton de D.J. s'abaissa d'une fraction en signe d'accord. Quelqu'un rôdait à l'intérieur de l'appartement de Meg avec une lampe de poche, et ils devaient l'attraper avant qu'il ne s'en prenne à Meg.

D.J. défit le bouton de son étui et se tourna vers Meg.

— Tu restes ici. Ne bouge pas. Ne fais aucun appel. Et reste loin de la fenêtre.

— Mais…

— Reste là, ajouta Adam, déjà à mi-chemin de la porte derrière son frère.

Le comté de Butler n'était pas à l'abri du crime. Surtout pas dans les grandes villes en expansion, mais les cambriolages n'étaient pas courants à Tuckers Bluff. Quoi que ce personnage ait en tête, Adam était à peu près certain que cela avait un rapport avec les problèmes judiciaires de Meg.

Au bas des escaliers de la clinique, D.J. termina son appel au poste et se tourna vers Adam.

— Au cas où cet enfoiré surveillerait la rue, je vais faire le tour par l'est. Toi, passe par la ruelle et remonte de l'autre côté sur quelques maisons, avant de traverser et d'arriver au café par l'autre direction. Je te retrouve à la porte arrière. Quand tu traverses la rue, vas-y doucement, normalement, comme si tu étais sorti emprunter une tasse de sucre et que tu rentrais chez toi. C'est compris ?

— C'est compris.

Il ne fallut pas longtemps pour suivre ces instructions.

Quand Adam fit le tour, D.J. était déjà positionné près d'un bouquet d'arbustes en diagonale par rapport à la propriété. Sa position lui permettait d'avoir une bonne vue sur les deux portes. Adam regarda autour de lui à la recherche de signes d'une autre personne. Maintenant qu'il y pensait, ils ne savaient même pas combien de personnes se trouvaient là-haut.

— J'ai repéré une voiture inconnue devant le Cut and Curl. Esther vérifie la plaque d'immatriculation, dit calmement D.J. — Une tasse de café. Des emballages de chocolat vides, pas grand-chose d'autre. Je dirais que celui qui est là-haut est seul.

— Tu penses que ça a un rapport avec les problèmes de Meg ?

— Seulement si le Pape est catholique.

— Ouais. C'est ce que je pensais. Une idée de qui ça pourrait être ?

D.J. haussa les épaules.

— Un détective privé est venu en ville la semaine dernière, la cherchant.

— Quoi ? Adam faillit oublier de garder sa voix basse.

— C'est à ce moment-là que j'ai commencé à utiliser quelques contacts pour surveiller Meg et ce qui se passe à Dallas.

— Pourquoi ne m'as-tu rien dit ?

— Au cas où tu l'aurais oublié, je suis le chef de la police. Tu es vétérinaire. Te faire des rapports ne figure dans la description de poste d'aucun de nous deux.

Les épaules de D.J. se détendirent dans un profond soupir.

— D'ailleurs, comment diable étais-je censé savoir que tu tomberais amoureux fou d'une parfaite inconnue en un temps record ?

Adam aurait pu argumenter qu'il n'était pas tombé amoureux fou ni en un temps record, mais ç'aurait été un mensonge flagrant. L'autre choix était d'être d'accord — pour lui, Meg était parfaite. Mais, s'il tenait à sa vie, Adam ferait mieux d'ignorer complètement cette affirmation. Pour l'instant.

— Quel foutu bazar. Alors tu penses que c'est le détective privé ?

— Peut-être.

— Ou ? Adam regarda de l'autre côté de la rue sombre vers sa clinique, souhaitant que tout ceci ne soit qu'un cauchemar.

D.J. sortit son revolver de son étui.

— Ça pourrait être n'importe qui. Et je veux dire n'importe qui, alors je ne veux pas que tu joues comme si on avait dix ans, à faire semblant d'être des cowboys et des Indiens.

— Je n'aime pas l'idée que tu y ailles seul.

D.J. leva les yeux vers le deuxième étage, et, pendant un bref instant, Adam put voir les doutes dans les yeux de son frère.

— Un contre un. Ces chances sont jouables. Reste aux aguets pour Reed.

Adam hocha la tête, mais il n'aimait pas rester en arrière. Pas du tout.

Meg n'était pas sûre d'avoir déjà été plus effrayée. À chaque nouvelle situation ce soir, ses peurs s'étaient intensifiées. D'abord quand D.J. avait dit qu'il devait lui parler officiellement, puis quand elle avait appris que son père était inculpé, et encore plus à la découverte que Jonathan essayait de l'impliquer également pour sauver son misérable cul. Mais rien de tout cela ne se comparait à la peur glaciale qui l'étouffait alors qu'elle regardait Adam et son frère se regrouper dans le coin sombre de la propriété du café, se préparant à affronter celui qui s'était introduit dans son petit appartement.

Comment un homme avait-il pu devenir si important pour elle si rapidement ? Oh, elle s'inquiétait aussi pour D.J. Il semblait être un type bien. Toute la famille Farraday n'était composée que de gens bien. Mais elle était plus qu'inquiète pour Adam. La semaine dernière, elle avait passé trop de temps à regarder par la fenêtre à l'heure du déjeuner, attendant, espérant qu'il viendrait pour qu'elle puisse avoir dix minutes pour discuter avec lui de rien en particulier. Chaque jour, ces espoirs devenaient plus forts que la veille. L'anticipation de son rendez-vous l'avait rendue presque aussi excitée qu'une écolière. Et la réalité valait chaque once d'énergie accumulée. Elle pourrait facilement tomber amoureuse d'Adam Farraday. Qui se moquait-elle ? Elle y était déjà à moitié.

Se tordant les mains, elle fit une prière silencieuse pour les hommes qui se mettaient en danger pour elle. Elle ouvrit les yeux à temps pour voir D.J. apparaître à découvert, se glissant furtivement dans les escaliers. Quelque chose dans ses mains. Mon Dieu, son pistolet. Du coin de l'œil, elle vit Adam faire son mouvement, trottant vers l'autre côté. Elle dut placer sa main sur son cœur affolé pour l'empêcher de sortir de sa poitrine. Tout était de sa faute, et ces deux frères machos s'attendaient à ce qu'elle reste simplement en arrière et regarde ce qui se déroulait à travers une grande vitre, comme un film de minuit. Mais que diable pouvait-elle faire pour aider ? Elle regarda autour de la pièce, cherchant quelque chose, n'importe quoi d'approprié pour faire face à un intrus.

Tout ce dont Adam avait besoin, c'était qu'elle se précipite comme l'héroïne désarmée trop bête pour survivre d'un mauvais film d'horreur. Ne faisant jamais ce qu'on lui disait. Rendant toujours les choses pires. Mettant encore plus de gens en danger. Elle fit les cent pas à travers la pièce et revint à la fenêtre. La frustration montait. D.J. était presque au sommet des escaliers. La lampe de poche s'était allumée puis éteinte à nouveau, comme si l'intrus s'était peut-être glissé hors de vue dans sa chambre. Elle pouvait sentir sa peau frémir à l'idée d'un étranger dans son espace privé.

Chassant les doigts glacés qui remontaient le long de son dos, Meg repéra autre chose. Une voiture descendant la rue. Lentement. Sans phares. Merde. Ce cauchemar pouvait-il empirer advantage?

CHAPITRE DIX-HUIT

Reed Taylor gara la voiture de patrouille aussi près qu'il l'osait du Silver Spurs Café. La pleine lune presque complète rendrait toute tentative de furtivité plus difficile si quelqu'un surveillait. Et il ne doutait pas que plus d'un citoyen de Tuckers Bluff était déjà en train de scruter à travers les rideaux.

D.J. avait envoyé un texto à Reed quelques instants plus tôt pour lui dire qu'il était en haut des escaliers, attendant que Reed soit en position. En se rapprochant, il distinguait plus facilement l'endroit où Adam montait la garde à la porte arrière. Si l'intrus essayait de sortir sans utiliser l'escalier principal de l'appartement, il n'aurait d'autre choix que d'entrer dans le café pour accéder à la sortie arrière. Les chances que cela se produise étaient minces, mais c'était bien qu'Adam couvre cette issue malgré tout.

Reed s'accroupit à côté d'Adam.

— Y a-t-il quelque chose que je devrais savoir ?

— Rien de nouveau. Tu en sais probablement plus que moi.

Soulevant une grosse pierre près de la porte arrière, Reed récupéra une clé, l'inséra dans le pêne dormant et, déverrouillant la porte, se faufila dans le couloir arrière du café, prêt à monter l'escalier intérieur. Adam était sur ses talons. Le plan était que Reed et D.J. entrent en chargeant ensemble des deux côtés.

— Tu devrais rester ici.

— Pas question.

— On ne sait pas à quoi on a affaire. Tu n'es pas armé.

— Plus maintenant. Adam sortit un revolver de sa ceinture.

— Où as-tu eu ça ?

— Boîte à gants. Permis de port d'arme.

Reed avait deux options. Retarder le moment d'aller soutenir son chef en se disputant avec un Farraday têtu, ou avancer et prier le ciel qu'Adam sache manier cette arme qu'il tenait.

— D'accord. Je couvrirai D.J. pendant que tu me couvres, et, pour l'amour de Dieu, ne me tire pas dans le dos.

Adam leva les yeux au ciel et suivit Reed dans l'escalier. À voir la façon dont l'officier se comportait, on aurait pu croire que les hommes de cette région du pays ne savaient pas manier une arme. Chacun des garçons Farraday, et la seule fille, pouvait abattre un serpent à sonnettes à quinze mètres de distance. Si Adam devait tirer, il ne manquerait pas sa cible.

En haut des escaliers, Adam resta plaqué contre le mur, retenant son souffle. Les voix de D.J. et Reed retentirent :

— Police.

Les portes s'ouvrirent d'un coup. Adam regarda les deux hommes se précipiter dans la pièce, bras tendus, armes pointées, scrutant les coins éloignés.

— RAS, annonça D.J., se dirigeant vers l'arrière.

Reed s'approcha des portes fermées de la cuisine, les ouvrit d'un coup et annonça :

— RAS.

Les deux officiers hors de vue dans la chambre, Adam se glissa doucement au-delà du seuil, prêt au cas où celui qui fouinait parviendrait à échapper à son frère.

Reed et D.J. revinrent à la porte, secouant la tête.

— Il n'y a personne ici, rapporta D.J.

— Ça n'a aucun sens. Adam regarda autour de la pièce, s'attendant presque à voir l'intrus tomber d'un lustre inexistant.

— La voiture était toujours devant le Cut and Curl quand je suis arrivé, confirma Reed.

Les yeux de D.J. se plissèrent tandis qu'il analysait la situation.

— On l'a perdu de vue seulement quelques secondes

quand on a quitté la clinique. S'il avait atteint sa voiture, il serait déjà parti.

— S'il était sorti après qu'on a traversé la rue, l'un de nous l'aurait vu, ajouta Adam.

— Ce qui signifie… intervint Reed.

— Fils de pute, s'exclamèrent D.J. et Adam à l'unisson.

Adam fit volte-face et était déjà à mi-chemin dans les escaliers, avec D.J. et Reed sur ses talons. Le salaud devait s'être caché dans le café pendant qu'ils se positionnaient pour entrer dans l'appartement de Meg. Puis, quand lui et Reed étaient montés, ce type s'était enfui. Se déplaçant plus vite qu'Adam ne pensait humainement possible, il courut droit vers la porte d'entrée.

Merde. Déverrouillée.

Sans ralentir, déjà en train de courir vers la clinique, il regarda dans la rue. La voiture repérée par D.J. n'avait pas bougé. Immédiatement, son regard se porta vers les fenêtres obscures de son salon.

Bon sang.

Combien de temps cela allait-il encore prendre ? Si, Dieu nous en préserve, quelque chose tournait mal, Meg n'aurait personne à appeler. Le chef de police et son officier junior étaient tous deux dans son appartement. Avec Adam. Et si elle essayait de joindre Esther, la standardiste, il faudrait des heures pour que la police voisine arrive.

— Tu es ravissante ce soir, Margaret.

Meg se retourna brusquement, sa main glissant du rideau. La voix venait de la direction de la porte d'entrée.

— Ne sois pas si surprise. Tu devais savoir que c'était moi qui fouinais dans ton appartement.

— Jonathan. Son ex, ce vrai salaud, était nonchalamment appuyé contre le chambranle de la porte. Plutôt que d'être affolé par son futur emprisonnement, il avait l'air presque… amusé.

— Qu'est-ce que tu fais ici ?

— Je devrais te poser la même question. Quand l'agence de détectives privés, plus chère que Dieu lui-même, que j'ai engagée pour te retrouver a dit que tu travaillais comme serveuse dans un petit café de l'ouest du Texas, je ne les ai pas crus. Mais il ne pouvait pas y avoir deux beautés rousses comme toi dans le grand État du Texas.

Elle ravala le merci de rigueur.

— Tu n'as pas répondu à ma question. Que fais-tu ici ?

— À la recherche de ma dévouée et aimante épouse, bien sûr.

Rien dans la façon dont Jonathan disait cela ne mettait Meg à l'aise.

— Et de ma voiture.

— Voiture ?

Même avec une importante peine de prison planant au-dessus de lui comme une guillotine française, cet homme s'extasiait encore sur cette stupide voiture de sport.

— Eh bien, plutôt le million de dollars caché à l'intérieur.

— Un million… Quel idiot se promène avec un million de dollars ? En liquide ?

— Y a-t-il une autre forme ?

Un sourcil s'arqua vers le haut, et Meg résista à l'envie de se serrer dans ses bras. Comment la condescendance dans son regard ne s'était-elle jamais inscrite dans sa conscience auparavant ? Chaque fois qu'il pensait qu'elle avait dit quelque chose d'inapproprié, ce stupide sourcil se relevait comme une arche de McDonald's, remettant à sa place elle et sa prétendue stupidité. Bien que cette fois, c'était clairement lui l'idiot. Les Caraïbes regorgeaient de banques mises en place pour cacher de grosses sommes d'argent. Ils partaient pour Paris pour leur lune de miel. Que comptait-il faire avec autant d'argent liquide ?

— Je vois ces jolis petits rouages tourner. Savais-tu qu'un million de dollars tient dans un sac d'épicerie ?

Il acquiesça.

— C'est le cas.

— Je, euh, ne savais pas.

— Oui. Facile à ne pas remarquer glissé à l'arrière du coffre. Sur notre chemin vers l'aéroport, j'avais prévu que nous fassions un dépôt rapide, en quelque sorte. Un dépôt sécurisé. Celui que toi et moi avons ouvert récemment.

Elle acquiesça cette fois.

— Pour les papiers importants.

— Et l'assurance.

— L'assurance ?

Elle était encore perdue.

— Pour l'avenir.

Elle n'était pas stupide, mais elle était définitivement confuse.

— Quel rapport entre un coffre de banque et l'assurance et l'avenir ?

Un rire creux, profond, presque fou remplit la pièce.

— Tu as toujours été si facile à distraire. Le coffre n'est qu'un outil. Ne devrais-tu pas être curieuse au sujet de l'argent ? Ou est-ce que vivre dans ce trou perdu t'a privée du peu de cervelle que tu avais ?

Avait-il vraiment toujours pensé qu'elle était stupide ? Avait-elle manqué les signes ? Ou avait-elle simplement tant voulu être amoureuse qu'elle avait tourné le dos au bon sens ?

— Rien de tout cela n'explique pourquoi tu as caché un million de dollars dans la voiture.

Elle n'avait pas besoin de demander d'où cela venait. C'était évident pour n'importe qui.

— Et pourquoi le veux-tu maintenant ?

— Aucune de ces vieilles corneilles n'était censée remarquer les détails sur le relevé. Qui aurait su que l'une d'elles avait un actuaire comme petit-fils avec un penchant pour scruter tous ses investissements et calculer comment les mathématiques ne pouvaient pas fonctionner. Ça aurait dû prendre des années, des décennies avant que tout s'effondre. La plupart des bénéfices sont déjà aux îles Caïmans. Mais, juste au cas où, dans un événement comme maintenant, j'aurai besoin de preuves supplémentaires pour prouver aux autorités que quelqu'un d'autre est le cerveau derrière l'opération. Donc quelqu'un d'autre aura besoin d'un peu d'argent planqué.

Les pièces du puzzle s'assemblaient, et elle n'aimait pas l'image.

— Le coffre-fort.

Jonathan se tapota le nez avec un doigt.

— Donnez un prix à la demoiselle. Bien sûr, toi et ton père avez tous les deux des comptes offshore avec de grosses sommes d'argent. Le coffre-fort n'est qu'un petit accessoire supplémentaire. En quelque sorte la cerise sur le gâteau.

— Tu es en train de me piéger ?

Cela faisait bouillir son sang. Quand D.J. avait dit que Jonathan proposait de témoigner contre ses complices en échange d'une réduction de peine, elle pensait qu'il gagnait du temps. Il ne lui était pas venu à l'esprit qu'il planterait des preuves contre elle.

Jonathan haussa les épaules pour montrer son indifférence.

— Vous deux. Tout est permis en amour et en guerre. Et en argent.

Les deux ? Les deux. Alors ce qu'elle avait entendu dire à son père était vraiment un commentaire innocent. Une simple directive. Le soulagement la submergea, plus puissant que la peur qui l'avait maintenue figée sur place.

Jonathan combla le dernier espace entre eux.

— Mais les choses ont tourné un peu plus vite que prévu. J'aurai besoin de cet argent maintenant pour m'acheter une sortie d'ici. Et toi — il se tenait assez près pour qu'elle sente son souffle chaud sur son visage — tu es mon laissez-passer pour sortir d'ici. Maintenant, où est la voiture ?

Adam monta les escaliers de son appartement deux par deux. À mi-chemin, un cri perça le bourdonnement du sang qui battait dans ses oreilles, suivi par ce qui ressemblait à un rugissement d'ours. Adam ne connaissait que trop bien le son de la rage humaine. S'agrippant à la rampe pour se propulser jusqu'en haut des escaliers, il repoussa les images d'une Meg battue ou brisée par les mains de ce connard qu'il avait laissé filer entre ses doigts.

Un cri étouffé traversa la porte alors qu'il l'ouvrait d'un coup de pied. Au lieu de l'attaque vicieuse d'un homme enragé, Adam fut accueilli par un gémissement à fendre le cœur et une femme furieuse brandissant son driver Big Bertha au-dessus d'un homme recroquevillé en position fœtale, se tenant l'entrejambe, à ses pieds.

— Espèce de salaud geignard.

Tenant toujours le club de golf au-dessus de sa victime comme une massue d'homme des cavernes, Meg donna un coup de pied à l'homme à terre.

— Tu m'as vraiment fait douter de mon père. Je me suis cachée comme un lapin effrayé à cause de toi. Tu as essayé de nous ruiner.

Son fer neuf préféré allait de nouveau s'abattre sur son ex, ou du moins qui Adam supposait être son ex, lorsqu'Adam enroula son bras autour de la taille de Meg et l'écarta.

— Je pense qu'il en a eu assez, Wonder Woman.

Des pas résonnèrent dans les escaliers. D.J. fut le suivant à entrer dans la pièce, son arme dégainée, Reed sur ses talons, avec deux hommes qu'Adam ne reconnaissait pas. Meg se débattait dans ses bras.

— Lâche-moi.

— Pas avant que tu promettes de laisser ce type tranquille. Laisse les flics s'en occuper.

D.J. était déjà penché sur Jonathan, lui tirant les mains derrière le dos, lui notifiant ses droits. Une fois que D.J. eut remis le type sur ses pieds, Reed rangea son arme et se tourna vers les deux types derrière lui.

— On se retrouve au commissariat.

Les deux acquiescèrent et descendirent les escaliers sans dire un mot.

Toujours dans ses bras, Adam desserra son emprise sur Meg, lui donnant l'espace de se retourner. Convaincu qu'elle allait le frapper pour l'avoir écartée de son ex, il fut surpris lorsqu'elle se pencha contre lui, posant sa tête sur son épaule.

— Comment ai-je pu penser que je l'aimais ?

Et comment répondre à une question aussi délicate ? Posant une main sur son dos et effectuant des mouvements apaisants avec l'autre, il embrassa le sommet de sa tête.

D.J. poussa son prisonnier vers Reed.

— Emmène-le. Je vous rejoins tout de suite.

L'officier et Jonathan suivirent le même chemin que les deux étrangers.

Une fois qu'ils furent partis, D.J. se tourna vers son frère.

— Elle va bien ?

Adam acquiesça ; il espérait bien que oui.

— Qui sont les types supplémentaires que tu as ramenés ?

— FBI.

CHAPITRE DIX-NEUF

Meg avait la tête qui tournait. Son monde était en train de s'effondrer depuis si longtemps qu'elle avait parfaitement le droit de se sentir étourdie. Surtout près d'Adam.

— Il est tard, lui dit-elle. Tu devrais rentrer chez toi.

— Pas si tard que ça. Assis à côté d'elle au poste de police, devant le bureau de son frère, Adam lui faisait penser à un chien fidèle. Ou peut-être à un berger allemand protecteur. Quoi qu'il en soit, elle était reconnaissante de l'avoir avec elle, même si elle se sentait un peu déstabilisée chaque fois qu'il était dans les parages.

Les coups de téléphone entraient et sortaient toute la nuit. Après avoir enfermé Jonathan, les deux agents du FBI étaient restés à huis clos avec D.J. et Reed pendant la première heure. Au début, c'était sa parole contre celle de Jonathan, et même si les agents ne croyaient peut-être pas les affirmations de son ex selon lesquelles les événements de la soirée n'étaient qu'un énorme malentendu, ils ne semblaient pas enclins à croire qu'elle était autant la victime de Jonathan que les clients de son père. Le bon côté des choses, c'est que personne ne l'avait encore arrêtée. C'était forcément un bon signe.

Ces trente dernières minutes, Esther avait également été dans la pièce aux volets fermés. En ce moment, Meg plaçait tous ses espoirs dans la standardiste. Quand la porte s'ouvrit et que D.J. et Esther sortirent, Meg retint son souffle jusqu'à ce qu'Esther hoche la tête et sourie.

— D'accord. D.J. entra dans son bureau et s'assit derrière son bureau. — Tu n'es pas en état d'arrestation. En fait, ton père est avec les agents à Dallas depuis des heures.

Il semble qu'aussitôt après avoir quitté l'église, il ait engagé quelques détectives privés pour enquêter sur le passé de Cox. Il s'avère que Cox n'est même pas son vrai nom.

— Tu plaisantes ? Des milliers de pensées tourbillonnaient dans son esprit. Tant de choses prenaient sens maintenant. Le manque d'amis de Jonathan, quelque chose de si décalé avec sa personnalité charmante et grégaire. La raison pour laquelle il payait toujours en espèces ou utilisait ses cartes de crédit à elle. Ne voulant jamais parler de son enfance ou de sa famille. Elle avait supposé qu'il avait une vie familiale malheureuse. Combien d'autres signaux d'alarme avait-elle manqués ?

— Et ce n'est pas la première arnaque qu'il a montée non plus, ajouta D.J.

— Alors, dit Adam en se penchant en avant sur son siège, Meg est tirée d'affaire ?

D.J. hocha la tête et se tourna vers Meg. — Ton père aussi. C'était plutôt malin de ta part d'appeler Esther quand Cox s'est pointé.

— Je l'avais en numérotation rapide au cas où vous auriez besoin d'aide. J'avais pensé ignorer ce qu'Adam avait dit et vous suivre moi-même. J'ai même cherché quelque chose que je pourrais utiliser comme arme.

— Le club de golf ? demanda D.J.

Meg hocha la tête. — Idée assez stupide. J'ai décidé que garder un œil sur vous et être prête à appeler Esther au premier signe de problème était la chose la plus intelligente à faire. Le téléphone était dans ma main, et le club de golf était appuyé près du rideau. Je ne pense pas que Jonathan ait remarqué ni l'un ni l'autre. Au moment où j'ai reconnu la voix de Jonathan, j'ai appuyé sur Appeler et j'ai posé le téléphone sur le rebord.

— Heureusement pour toi, interrompit D.J., tous les appels entrants sont enregistrés. La conversation devra être officiellement transcrite, mais, pour l'instant, Esther a confirmé tout ce que toi et Jonathan avez dit.

— J'espérais qu'elle puisse entendre. J'avais peur que nous soyons trop loin du téléphone.

— Les choses importantes sont arrivées haut et clair.

Mais ce n'est pas encore fini. Techniquement, tu es toujours en plein milieu d'une enquête en cours.

— Aura-t-elle besoin de cet avocat ? demanda Adam.

D.J. secoua la tête. — Non. Les autorités sont convaincues que Cox a agi seul. Mais Meg devra faire des déclarations en triple exemplaire pour toutes les agences qui s'occupent de cette affaire. Nous aurons, bien sûr, le rapport sur l'incident de ce soir, mais Meg devrait prévoir de retourner à Dallas.

— Si elle est hors de danger, demanda Adam, pourquoi doit-elle aller à Dallas ?

— Tu veux dire à part le fait que Dallas est l'endroit où se trouvent sa vie et sa famille ?

Pendant un bref instant, toute couleur quitta le visage d'Adam. Son expression surprise reflétait l'impact choquant que la déclaration brutale de D.J. avait également sur Meg. Le soulagement d'apprendre qu'elle et son père n'étaient plus suspects s'estompa alors que la réalité s'imposait. Sa réalité. Tuckers Bluff n'était pas son monde. Ni sa vie.

Son regard pointé sur Adam, D.J. continua : — Meg devra quand même répondre aux questions du FBI et de la SEC dans leurs bureaux de Dallas sur tous les actifs communs…

— Et les pertes, ajouta-t-elle. Le fiasco financier que Jonathan avait créé se rétrécissait par rapport à l'image plus grande – perdre ce qu'elle avait trouvé à Tuckers Bluff. Qui elle avait trouvé. Quelque chose en elle changea. Son cœur coula, et un vide oppressant poussa contre sa poitrine. Si elle faisait le mauvais choix, la mauvaise décision, sa nouvelle réalité pourrait être pire que tous les bilans du monde.

La voiture de police s'arrêta devant le diner. À la grande surprise d'Adam, les lumières étaient allumées, et l'enseigne Ouvert brillait de mille feux. La berline beige d'Abbie était à sa place de stationnement désignée.

D.J. passa en position de stationnement. — La nouvelle de deux véhicules de police, deux agents fédéraux et un prisonnier hurlant dans les rues de Tuckers Bluff au milieu de la nuit se répand vite. Abbie a appelé pour s'assurer que tu allais bien. J'ai peut-être mentionné que tu aurais probablement besoin d'une amie.

Un regard reconnaissant rencontra celui de D.J. — C'était attentionné de ta part.

Attentionné était un mot pour le dire. Malheureusement, cela ne facilitait pas non plus l'obtention de quelques minutes seul avec Meg pour discuter. Bientôt, la moitié de la ville serait réveillée et se rassemblerait au café, et Adam ne savait toujours pas si Meg retournerait à Dallas plus tôt ou plus tard. Pour une visite ou définitivement. Ces derniers mots avaient des doigts glacés qui serraient étroitement son cœur. Son père avait toujours dit à ses fils que, dès qu'il avait posé les yeux sur Helen Callahan, son monde entier s'était arrêté. La minute d'après, quand la mère d'Adam avait planté ses beaux yeux verts irlandais dans ceux de son père et avait dit à Sean Patrick Farraday de retirer ses bottes boueuses de son plancher propre, il était tombé amoureux d'elle, Stetson par-dessus bottes. Il avait fallu à son père les six mois suivants pour la convaincre de ce qu'il avait su en seulement cinq minutes – qu'ils étaient faits l'un pour l'autre.

Si ce qu'Adam craignait était vrai, il n'aurait peut-être même pas cinq minutes pour convaincre Meg de lui donner une chance, sans parler de six mois.

Ils avaient à peine quitté la voiture quand Abbie sortit en trombe du café et se précipita vers Meg pour l'enlacer maternellement. — J'étais tellement inquiète. Je savais qu'il y avait un salaud pas net dans ta vie. Je le savais.

Un rire caustique s'échappa des lèvres de Meg. — N'oublie pas voleur.

Abbie glissa son bras le long du côté de Meg, la tournant vers le café. Les deux marchèrent côte à côte, comme une carte Hallmark de meilleures amies. — Cela demande un peu de mon chocolat chaud spécial.

— Je ne pense pas.

— Avec du Baileys, ajouta Abbie avec un sourire, puis appela par-dessus son épaule, tu n'as rien entendu, Chef Farraday.

Debout à côté de lui, D.J. rit doucement. — Comme si je ne connaissais pas sa réserve « spéciale ». Je dois retourner à la montagne de paperasse. Tu vas t'en sortir ?

Adam hocha la tête, même s'il n'en était pas tout à fait sûr.

— Tu vas rester planté là sur le parking ?

Détournant son regard des deux femmes qui entraient dans le café, Adam fit face à son frère, le soudain tournant des événements le privant de pensée cohérente.

— Oh, bon sang. Si tu la veux, fonce.

Secouant la tête, D.J. pivota et monta dans sa voiture, marmonnant quelque chose du genre « voyez comme les grands tombent ».

Adam n'avait aucune idée de quoi faire maintenant, mais son frère avait raison sur un point. La révélation ne viendrait pas en restant seul dehors. Le temps qu'il entre, Meg était assise dans un box, parlant au téléphone.

Son regard croisa celui d'Abbie. Travaillant derrière le comptoir, elle hocha la tête et, inclinant la tête en direction de Meg, l'encouragea à la rejoindre.

— Oui, Papa. Je suis désolée.

— Si tu avais pris le temps de m'appeler, j'aurais pu te dire ce qui se passait, Margaret Colleen. Son père parlait si fort au téléphone que, même à travers le café, Abbie pouvait probablement l'entendre.

— Je voulais te protéger.

— Ma petite fille, ne t'enfuis plus jamais et ne laisse plus ta mère et moi en dehors de tes problèmes. Tu m'entends ?

— Oui, Papa.

Adam resta assis tranquillement pendant qu'elle expliquait à son père l'histoire de la voiture, de la facture, du manque de fonds et de sa façon de gagner sa vie au café. De temps en temps, ses yeux pleins de regret se levaient pour rencontrer les siens, puis se baissaient à nouveau vers la fourchette qu'elle faisait tourner entre ses doigts.

— Je serai bientôt à la maison, Papa. Oui. Je promets.

Après quelques mots supplémentaires d'amour et de soutien, Meg raccrocha.

— Ça va ? demanda Adam.

— Encore un peu sonnée, je suppose.

Abbie s'approcha et posa deux tasses de chocolat chaud fumant devant eux. — Bois ça lentement. Je ne suis pas aussi bonne cuisinière que Frank, mais je peux faire quelques œufs brouillés. Bois ça pour calmer tes nerfs, ensuite tu mettras de la nourriture dans ton estomac. Personne n'a jamais pris de décisions intelligentes l'estomac vide.

Adam rassembla son courage. Pas sûr de vouloir entendre la réponse.

— Et maintenant, que se passe-t-il ?

— Je rentre chez moi. Elle fixait sa tasse.

Même si elle ne pouvait pas le voir, Adam hocha la tête, prit une gorgée et continua. — Tu reviendras ?

Cette fois, elle leva son regard pour rencontrer le sien. — Je ne sais pas. Honnêtement, je ne sais pas.

CHAPITRE VINGT

— Tu ne peux pas continuer à déprimer dans la maison. La mère de Meg se tenait dans l'encadrement de la porte, les poings sur les hanches. — Je sais que tout semble plutôt sombre, mais ton père et les autorités ont découvert au moins deux comptes bancaires à l'étranger et continuent de chercher où Jonathan a caché le reste de l'argent volé sur les comptes de ses clients. Il y aura une perte, mais pas aussi grave que ça aurait pu l'être si cette affaire avait duré des années.

Meg hocha la tête. Elle était soulagée que les fédéraux aient également récupéré l'argent caché dans le coffre et que les clients de son père puissent récupérer une bonne partie de leur investissement, mais elle n'avait vraiment pas envie d'en parler.

— Margaret Colleen. Sa mère entra d'un pas lourd dans la chambre et s'arrêta au bord du lit. — Il est temps d'avancer. Jonathan Cox, ou peu importe son nom, ne mérite pas toute cette mélancolie.

Sur l'écran de son ordinateur, Meg examinait les détails du contrat immobilier devant elle. La première chose qu'elle avait faite était d'engager un agent immobilier pour mettre l'appartement sur le marché et, en moins de vingt-quatre heures, elle avait reçu plusieurs offres. Béni soit le marché immobilier florissant de Dallas. Même si elle avait perdu de l'argent en vendant la Ferrari, sa superbe bague en diamant et les autres accessoires que Jonathan avait achetés avec son crédit — comme leur lune de miel à Paris — le prix de la guerre d'enchères pour l'appartement semblait la remettre dans le vert. Pas de beaucoup, mais ce n'était pas négligeable.

— Tu m'as entendue, jeune fille ? Fronçant les sourcils, sa mère croisa les bras de frustration. D'une minute à l'autre, elle allait sûrement commencer à taper du pied.

— Je ne déprime pas, maman. Je m'occupe de mes affaires. Et peut-être se demandait-elle pour la milliardième fois ce qu'Adam faisait en ce moment même.

Son ordinateur portable émit un petit son signalant un message instantané. D'Abbie. Cette femme avait été une excellente patronne et, depuis que le fiasco Jonathan avait éclaté, elle était devenue une amie encore meilleure. Heureuse de cette distraction, Meg tapa rapidement sur son clavier.

ABBIE : Tu as entendu parler de Myrtle Yantz ?

MEG : Non. Quoi ?

ABBIE : Le petit-enfant numéro deux est en route. Elle a décidé de ne pas revenir à Tuckers Bluff.

— Quel genre d'affaires ? demanda sa mère.

ABBIE : Sa maison vient d'être mise sur le marché.

Vraiment ? Meg regarda le prix proposé pour l'appartement. Les marchés immobiliers de Dallas et de Tuckers Bluff étaient à des années-lumière l'un de l'autre. Des planètes entières les séparaient.

— Alors ? répéta sa mère.

ABBIE : Je n'imagine pas qui voudrait acheter cette grande vieille maison. Elle a besoin de tellement de travaux.

Alors qu'une lueur d'idée prenait racine, un sourire étira un côté de la bouche de Meg, s'étendant à l'autre côté de ses lèvres jusqu'à ce que l'idée complètement formée la fasse jeter son ordinateur portable de côté et bondir du lit.

— La meilleure sorte d'affaires, maman. Meg embrassa sa mère sur la joue et fila autour d'elle, répétant par-dessus son épaule : — La meilleure qui soit.

Derrière son bureau, stylo à la main, Adam faisait un effort futile pour terminer sa paperasse. Dernièrement, travailler avec les animaux était le seul moment où il arrivait à rester concentré. À son bureau ou en aidant au ranch, son esprit, animé d'une volonté propre, revenait sans cesse à Meg. Et sur elle, sous elle, ou pratiquement n'importe quel endroit où deux personnes pouvaient se retrouver. Ce n'était pas la première fois qu'il considérait combien il serait impossible de bouleverser sa vie pour suivre cette femme à Dallas.

— Ça marche mieux si tu poses réellement le stylo sur la page. Becky entra dans la pièce et se laissa tomber dans l'une des deux chaises qui encadraient son bureau.

— Je sais.

— Tu lui as parlé ?

Pas besoin de demander de qui il s'agissait. Lui et Becky avaient déjà eu cette conversation. Il secoua la tête. Il était également inutile de mentionner combien de fois il avait pris le téléphone pour appeler Meg. Juste pour dire bonjour. Simplement bonjour. Puis, décidant qu'une simple conversation désinvolte ne serait jamais suffisante, il avait reposé le téléphone.

— Hé, vous avez entendu ? Kelly entra en bondissant par la porte. — Quelqu'un a acheté la maison de Myrtle.

Le visage de Becky se plissa entièrement. — Tu plaisantes ?

— Non. Kelly se laissa tomber dans la deuxième chaise. — L'agent immobilier vient de mettre la bannière Vendue sur le panneau. Il a dit qu'une offre en liquide est arrivée et a été conclue en moins d'une semaine. Qui voudrait de cette vieille bicoque au point d'être si pressé ?

— Je ne sais pas. Adam leva son stylo. — Mais, si vous ne l'avez pas remarqué, mesdames, j'ai du travail à faire.

— Personne d'ici, sûrement, répondit Becky, ignorant son patron.

— Je me demande ce qu'ils vont en faire ? Kelly s'avança légèrement sur son siège dans un faible effort pour se lever et retourner au travail.

Becky haussa les épaules. Le bruit d'une voiture se garant devant la clinique attira l'attention de tout le monde.

— On n'a plus de rendez-vous prévus, non ? demanda Adam.

Les deux femmes en face de lui secouèrent la tête,

tendant toutes les deux le cou pour voir par la fenêtre. Becky fut la première à identifier la visiteuse, ses yeux s'arrondissant comme une pleine lune.

— Putain de merde. Elle bondit sur ses pieds et se précipita vers la porte.

Se levant, Kelly plissa les yeux vers la fenêtre. — Eh bien, je serai…

— Quoi ? Une portière de voiture claqua, mais Adam ne se retourna pas assez vite pour voir le passager. Au moment où il fit face aux chaises près de son bureau, ses deux employées avaient disparu, soulevant un tourbillon de vent en sortant.

— Qu'est-ce qui se passe ? Seule une urgence aurait pu faire courir ces filles comme si la grange était en feu. Debout, il était à mi-chemin du couloir quand, vêtue d'une robe sans manches d'un blanc crémeux, son ange rousse s'arrêta dans l'encadrement de sa porte.

— Il y a ce chien… Les mots de Meg sortaient doux et lents.

Ces mots familiers prononcés des semaines auparavant, mêlés au timbre sensuel de sa voix, firent galoper son cœur et tous ses sens se mirent en alerte.

— Un chien ?

— J'attendais qu'il fasse jour. Je dois le retrouver. Elle avança d'un petit pas.

Soudain à court de mots, sa bouche avait du mal à former une réponse. — C'était peut-être juste un coyote ?

Elle secoua la tête. — Le coyote est à Dallas. Ses yeux brillants, pleins d'espoir, restaient fixés sur les siens.

— Je pourrais t'aider à le retrouver. Adam avança doucement, s'autorisant l'espoir ou nourrissant l'illusion qu'elle était là pour lui, mais il ne voulait pas, ne pouvait pas se retenir maintenant.

— C'est un drôle de personnage. Le retrouver pourrait prendre un moment. Elle réduisit la distance entre eux.

Délicatement, Adam posa ses mains sur sa taille. — Alors tu devras rester ici jusqu'à ce qu'on puisse le trouver.

Hochant la tête, un sourire hésitant effleura ses lèvres. — J'ai acheté la maison de Myrtle. Je pensais qu'elle ferait une merveilleuse maison d'hôtes.

— Intelligente, belle, aime les animaux et elle cuisine aussi. Il espérait de tout cœur que son ton réussissait à cacher à quel point il était nerveux.

— Eh bien, son sourire devint plus fort, plus stable, plus lumineux, il y aura peut-être quelques défis dans mes projets.

Liés ensemble, l'adrénaline et l'anticipation montèrent en flèche. C'était le moment. Il était temps d'aller droit au but.

— Et quels sont ces projets, Meg ?

Les derniers centimètres entre eux disparurent, les bras de Meg s'enroulèrent autour de son cou, attirant sa tête vers le bas. Approchant son visage du sien, elle captura sa bouche dans un baiser brûlant. La pensée cohérente s'évanouit, l'anticipation remplacée par la joie et le plaisir. Elle était là, avec lui, et, s'il avait son mot à dire, elle ne quitterait plus jamais Tuckers Bluff sans lui.

Rempli de désir, de langueur et d'un besoin impérieux d'être uni en corps et en âme avec son ange rousse, une seule chose manquait. Détachant sa bouche, il toucha légèrement un coin de ses lèvres, puis l'autre. Son doux gémissement de plaisir et ses doigts chauds tourbillonnant sur sa nuque rendaient le recul encore plus difficile, mais il le devait. Il devait être clair. Ignorant la vague d'excitation qui parcourait ses veines, il prit une profonde respiration apaisante. Ses lèvres à un souffle des siennes, il franchit la dernière barrière.

— Je t'aime, Margaret Colleen O'Brien.

Ses lèvres se courbèrent contre les siennes, son souffle chaud taquinant impitoyablement ses sens.

— Mon Dieu, j'espérais ne pas être la seule. Je t'aime, Adam Farraday.

Jamais des mots n'avaient sonné aussi doux. L'attirant à lui, sa bouche s'écrasa contre la sienne. Avoir cette femme dans ses bras pour toujours ne serait jamais assez long.

Des chaussures claquant un doux rythme sur le carrelage du couloir devinrent plus bruyantes, puis s'arrêtèrent à proximité.

— Ta tante est… oups.

— Oups, quoi ? demanda Eileen Callahan sur les talons de Becky, levant les yeux et s'arrêtant net. — Oh… Eh bien. Son visage s'illumina d'un sourire éclatant. — Il était grand temps. Un de réglé, plus que six.

ÉPILOGUE

— Vous deux, ça suffit ! Ce papier peint ne va pas se décoller tout seul. Brooks tourna le dos à Meg et à son frère. Les regarder s'embrasser et roucouler comme deux adolescents éperdument amoureux devenait un peu gênant. Après avoir humidifié une autre bande de mur, Brooks prit le couteau à mastic de dix centimètres et, mettant toutes ses frustrations refoulées dans cette tâche, poursuivit ses efforts pour arracher cent ans de papier peint du mur est du salon.

Depuis environ un mois, la famille passait quelques heures par-ci par-là – et la majeure partie des samedis et dimanches – à arracher du papier peint, à remplacer les montants et les planchers pourris, à poncer, gratter, ramper, installer des tuyaux. Ils faisaient pratiquement tout ce qu'on pouvait imaginer pour remettre cette vieille maison victorienne en état.

— Encore une fois, grommela cette fois la tante Eileen, je jurerais que vous êtes le premier couple à vous être jamais fiancés. Secouant la tête, leur tante s'éloigna d'un pas lourd.

— Un petit baiser, marmonna Adam en s'éloignant de sa nouvelle fiancée et en reportant son attention sur le grattage des murs humidifiés.

— Un seul ? lança D.J. depuis l'autre côté du couloir.

— Petit ? Brooks fit de nouveau face à son frère aîné.

— J'envisageais sérieusement de vous jeter un seau d'eau dessus. Tu sais, pour éviter que la maison ne prenne feu.

— Ha, ha, rétorqua Adam.

Meg, quant à elle, s'approcha nonchalamment de son futur beau-frère, se dressa sur la pointe des pieds et offrit à Brooks un chaste bisou sur la joue. — Merci de t'inquiéter pour ma maison.

Impossible de jouer les mécontents avec Meg dans les parages. Pendant des années, les frères s'étaient taquinés et chahutés, mais Meg avait le don de chasser toute cette agitation.

— À ton service.

— Attention, elle est prise, fit mine de s'offusquer Adam.

Comme s'il y avait une seule personne en ville qui ne le savait pas déjà.

— Qui a le marteau ? Leur père les rejoignit dans le salon. — Mon marteau.

— Celui-ci ? Adam tendit le marteau de charpentier que son père utilisait toujours.

— Oui, celui-là. En secouant la tête, le patriarche de la famille retourna à son projet de démolition des toilettes du rez-de-chaussée. Initialement installées dans un coin sous l'escalier, Meg avait décidé que, pour une maison d'hôtes formelle, un espace un peu plus spacieux serait nécessaire. Alors Papa incorporait l'ancien placard à manteaux dans l'espace.

— Le déjeuner est servi, appela Eileen depuis la nouvelle cuisine.

— Chaque fois que j'entre ici, ça me coupe le souffle. Meg balaya du regard la pièce nouvellement rénovée. Des appareils de qualité professionnelle, des comptoirs en quartz, de nouvelles armoires de style Shaker et un îlot assez grand pour accueillir tous les membres du clan Farraday. — C'est fabuleux.

— Le cœur de la maison et tout ce qui va avec. D.J. saisit une chips de maïs et la plongea dans une bonne cuillerée de guacamole. — Toujours le meilleur, tante Eileen.

Adam s'approcha de Meg et, tenant une assiette vide d'une main, glissa l'autre autour de sa taille, lui murmura quelque chose que seule Meg pouvait entendre et l'embrassa doucement sur la tempe. Le geste n'était ni grandiose, ni bouleversant, ni fracassant, et pourtant la profondeur des émotions qui passaient entre lui et sa future épouse donna un grand coup dans l'estomac de Brooks. Jusqu'à présent, il n'avait pas accordé la moindre pensée à l'amour, au mariage et à une famille qui lui serait propre. Peut-être était-il temps de revoir sa politique de ne pas fréquenter les filles du coin.

Cela dit, Adam n'avait pas changé la règle inébranlable des Farraday. Il avait simplement trouvé son destin échoué au milieu de nulle part. Brooks secoua la tête. Pas moyen qu'il ait cette chance. Quelles étaient les chances de trouver une autre femme sur le bord de la route?

Extrait de

Brooks – Tentation interdite au ranch

Brooks Farraday arracha ses gants chirurgicaux et les jeta à travers la pièce. Il avait fait tout ce qu'il pouvait pour stabiliser cette femme de quatre-vingts ans, mais Sam avait trop attendu avant d'amener Liza. Avec le centre médical le plus proche capable de pratiquer une chirurgie cardiaque d'urgence à plus d'une heure de route, Brooks ne pouvait plus rien faire. La frustration le dévorait tandis qu'il traversait la pièce, ramassa les gants par terre et les jeta violemment dans la poubelle. Bon sang, il détestait les journées comme celle-ci.

La dernière chose qu'il voulait était de faire face à Sam. La semaine dernière encore, toute la ville s'était rassemblée pour leur soixantième anniversaire de mariage. Le cabinet médical de Brooks était modeste : une salle d'attente, une cuisine convertie en laboratoire, un placard surdimensionné qui tenait lieu de bureau, et deux salles d'examen. Même les couloirs du Taj Mahal n'auraient pas été assez longs pour retarder l'inévitable. Regroupés devant lui, Sam et la poignée de ses huit enfants et leurs conjoints qui vivaient encore en ville ou à proximité le regardaient. Malgré tous ses efforts au fil des ans pour ne montrer aucune émotion, la perte devait se lire sur son visage. Deux des filles éclatèrent en sanglots.

— Je suis vraiment désolé, dit-il.

Les cheveux gris et au corps sec et nerveux, Sam baissa le menton. — Tu as fait tout ce que tu pouvais. Je le sais bien. Liza et moi te remercions pour ça. Le vieil homme tourna les talons et sortit avant que Brooks ne puisse lui proposer de faire ses derniers adieux.

— On savait que ce jour viendrait, Brooks. Le cœur de maman la menaçait depuis presque une décennie. Le fils aîné de Sam et Liza lui tapota le bras, balaya la petite pièce du regard, puis se détourna. — Je ferais mieux de rattraper papa.

Dans un tourbillon de mouvements, les frères et sœurs restants offrirent quelques mots avant de courir après leur père.

Nora Brown, son infirmière, s'approcha derrière lui. — J'ai appelé Andy des pompes funèbres. Il est en route.

Brooks baissa la tête. Il était censé sauver des vies.

— Aussi, Meg a appelé pour te rappeler au sujet de son amie. Elle a suggéré que ce soir serait un bon moment pour les rejoindre pour dîner.

Fermant les yeux, il laissa échapper un soupir fatigué. Il n'était pas d'humeur à socialiser.

— Elle a aussi dit de te dire que vendredi soir conviendrait également si tu préfères.

Sa future belle-sœur semblait capable de lire dans ses pensées à travers la ville avant même qu'il ne sache ce qu'il pensait. Que Dieu vienne en aide à son frère Adam. Anticipant l'arrivée de son amie d'université pour le mariage, Meg sautillait depuis des jours comme une petite fille avec une nouvelle corde à sauter. Mais hier, elle l'avait appelé, inquiète du comportement étrange de son amie, et avait demandé à Brooks de passer dîner pour voir s'il le remarquait aussi. Il hocha la tête à Nora qui attendait patiemment une réponse.

— Merci. Je vais lui don—

La porte d'entrée s'ouvrit brusquement et Paul Brady entra en trombe. — C'est le moment, doc. Betty Sue, elle est dans la voiture. Dit qu'elle ne bouge pas. M'a envoyé vous chercher.

Brooks fit volte-face, criant par-dessus son épaule : — Depuis combien de temps a-t-elle des contractions ?

— Sais pas. Mais les douleurs arrivent toutes les cinq minutes.

En trottant vers la voiture inclinée maladroitement avec une roue sur le trottoir, Brooks sourit presque devant ce stationnement délirant. Nouveaux parents.

Le futur père le devança jusqu'au véhicule, ouvrant brusquement la porte côté passager.

— Salut, Doc, dit Betty Sue entre ses dents serrées.

— Comment ça va ? Tu crois qu'on peut te faire entrer ?

Betty Sue respira profondément à travers une contraction, hochant la tête, puis laissa échapper un long souffle. — Ce que je veux vraiment, c'est pousser, mais si tu me donnes un coup de main. Elle tendit le bras et se pencha en avant. — Avec Ricky Ricardo ici pour m'aider, je n'étais pas sûre qu'on y arriverait.

Cette fois, Brooks rit doucement à la référence à I Love Lucy. Il n'avait aucun mal à imaginer Paul Brady s'agitant comme le fit Ricky Ricardo dans la série quand son fils naquit. — Au moins, il ne t'a pas laissée derrière, dit-il avec un sourire nonchalant tout en passant son bras autour de Betty Sue pour l'aider à se mettre debout. C'est alors qu'il surprit le regard furieux qu'elle lançait à son mari. — Il ne l'a pas fait ?

— Si. À mi-chemin de la route avant de faire demi-tour pour me récupérer. Betty Sue atteignit le seuil avant de se plier en deux sous une autre contraction.

— Respire, l'encouragea Brooks. Selon son estimation, ses contractions n'étaient espacées que de deux ou trois minutes. S'ils ne se dépêchaient pas de l'installer, il pourrait très bien devoir accoucher ce bébé sur le trottoir. — Depuis combien de temps es-tu en travail ?

La femme très enceinte expira un autre souffle profond. — Je me suis réveillée vers cinq heures ce matin avec des contractions de Braxton Hicks, mais vers sept heures, j'ai réalisé que c'étaient de vraies contractions. Pas trop rapprochées. Je m'étais préparée pour une longue journée. Elle avança dans la salle d'attente. — Mais il y a environ une heure, elles ont commencé à venir très vite.

— Eh bien, on dirait que, pour un premier bébé, Paul Junior est pressé.

Andy, des pompes funèbres, entra par la porte ouverte et s'arrêta net. Il eut le bon sens d'attendre que Brooks et sa patiente aient dépassé la première salle d'examen avant de chercher des réponses auprès de Nora.

— Salle un, fut tout ce que dit Nora.

Dans la seconde salle d'examen, Brooks et Paul installèrent Betty Sue sur le lit. Légèrement plus grande que la salle d'examen numéro un, avec un joli lit et quelques décorations chaleureuses à proximité, cet espace faisait aussi office de salle d'accouchement. Derrière eux, Nora entra et installa l'oxygène. Au cas où.

— Laisse-moi examiner. Comme Brooks s'y attendait, Betty Sue était complètement dilatée et effacée. Bébé Paul était prêt à faire son entrée. — Je sais que tu veux pousser, mais j'ai besoin de quelques secondes de plus ici.

Haletant à travers une autre contraction, Betty Sue hocha la tête et tendit la main à son mari. Dans ce qui s'avéra être un accouchement de routine, quoique rapide, en seulement quinze minutes, Paul Brady Junior glissa dans le monde.

— Tu es prête à tenir ton fils ? demanda Brooks à Betty Sue.

Avec un sourire plus radieux que celui d'un enfant le matin de Noël, la nouvelle mère tendit les bras. Paul embrassa le front de sa femme puis fit de même sur le haut de la petite tête du bébé.

— Nous devrons le peser et faire quelques tests standard, mais ça peut attendre quelques minutes que vous fassiez connaissance tous les trois. Brooks recula, son regard posé sur le nouveau-né. Son cœur était plus léger. Le cercle de la vie. — Bienvenue dans le monde, jeune homme. Bienvenue dans le monde.

— Je vois tes cinq et je relance de cinq. Antoinette Castelano Bennett jeta quelques jetons dans le tas grandissant. Quand elle avait envisagé de venir dans l'ouest du Texas pour rendre visite à sa colocataire d'université avant son mariage, jouer au poker avec des personnes âgées n'était pas exactement le passe-temps qu'elle avait imaginé.

— Je me couche, dit Dorothy Wilson, une dame âgée douce et amicale, en posant ses cartes face contre table.

— Moi aussi. Sally May, une femme séduisante aux cheveux poivre et sel coiffés en un simple chignon français et un berger allemand recroquevillé à ses pieds, posa ses cartes avec un soupir.

— Je suppose qu'il ne reste que moi, dit Eileen Callahan, la matriarche de la famille que l'amie de Toni allait épouser, avec un sourire aussi large que l'horizon du Texas de l'Ouest. Ajoutant plus de jetons au pot d'une main, elle étala ses cinq cartes, face visible, de l'autre. — Trois as.

Le dernier membre du groupe, Ruth Ann, laissa échapper un grognement frustré. Une femme petite et très mince, aux longs cheveux gris attachés en queue de cheval négligée, vêtue d'un jean et d'une chemise bleue à manches longues, elle rappelait à Toni tout ce qu'elle aurait pu imaginer d'une femme de rancher. Sauf qu'au lieu de parler de bétail ou de poulets, une phrase sur deux concernait sa récente opération des oignons. — Ça me met hors jeu. J'ai deux paires, roi au plus haut.

Il ne restait plus que Toni avec des cartes en main. Se souvenant de ce que disait sa grand-mère, « Chanceux aux cartes, malchanceux en amour », elle ne se sentait pas très triomphante. — Désolée mesdames. Full : brelan de dames et paire de dix.

— Je vais faire un tour aux toilettes, dit Sally May en se levant. — Peut-être que ça va changer ma chance.

C'était au tour d'Eileen de distribuer, elle rassembla les cartes de la table. — Alors, parlez-nous un peu plus de ce mari voyageur ?

Séparant ses gains en piles de couleurs appropriées, Toni réfléchit à ce qu'elle allait dire. L'appel qui avait envoyé son mari faire sa valise et se précipiter à l'aéroport Logan pour un vol vers l'un de ces pays en -stan avait été un cadeau inattendu. William ne faisait plus jamais de sites offshore, mais quand l'ingénieur assigné à ce projet avait subi une crise cardiaque massive en route pour l'aéroport, les partenaires s'étaient précipités pour trouver un chef de projet remplaçant, et William était la seule personne avec assez de flexibilité et de compétence pour y aller.

Le souvenir de ces vingt minutes éprouvantes lui fit serrer les jetons plus fermement.

« Bon sang, Antoinette. Il y a trop d'amidon dans mes chemises. Encore. »

« Je suis désolée. » Elle détestait repasser les chemises. « Peut-être que celle-ci sera— »

William lui arracha la chemise des mains et la jeta dans sa valise. « Je ne veux pas porter cette chemise dans l'avion. »

Toni recula hors de sa portée. Elle ne ferait plus cette erreur.

« Si cet imbécile au pressing peut doser correctement l'amidon, il n'y a aucune raison que tu ne puisses pas le faire. Pas besoin d'être un génie pour repasser une chemise. »

— Toni ? Les mains d'Eileen s'étaient immobilisées au milieu du mélange, les sourcils froncés d'inquiétude.

— Désolée, j'avais l'esprit ailleurs. Oui. William ne voyage plus beaucoup maintenant. Il est très protecteur envers moi. Il n'aime pas être loin de moi, mais cette fois-ci, il n'avait pas le choix.

— Eh bien, c'était très opportun que son voyage prolongé coïncide avec mon mariage, même si j'ai dû utiliser mes meilleures compétences de débat pour te convaincre de venir nous rendre visite maintenant plutôt que seulement pour le week-end du mariage. Meg O'Brien— bientôt Farraday—se tenait à côté de Toni, une cafetière à la main. — On dirait qu'il s'est avéré être un mari très aimant.

— Oui. Aimant. Sous la table, Toni serra les poings, força le sourire plastique je-suis-si-heureusement-mariée qu'elle utilisait toujours en public, et repoussa les dernières paroles de son mari en partant.

« Je ne sais pas à quel point les satellites sont fiables dans ce camp d'ingénierie temporaire oublié de Dieu. Pour l'amour du ciel, n'oublie pas de charger ton téléphone. Mieux encore, reste près de la maison. Dans ce trou perdu de pays, qui sait ce dont j'aurai besoin… »

Elle savait ce que signifiait rester près de la maison. Ce ne serait pas difficile à faire. Où avait-elle à aller ?

« Ma mère sera de retour de sa croisière dans quelques semaines. À son retour, je m'arrangerai pour que tu restes avec elle pendant mon absence. » Son regard parcourut l'appartement impeccable. « Je serai de retour bien avant trois mois si j'ai mon mot à dire. Ce coin boueux du monde n'est pas un endroit pour un homme comme moi. »

Elle hocha la tête. Pas sûre de ce qu'il attendait d'elle ensuite. Serait-ce le moment où il voudrait qu'elle lui tende le reste de ses affaires pour accélérer ses bagages, ou serait-ce quand rien de ce qu'elle ferait ne serait juste ? L'explosion au sujet de la chemise lui faisait penser qu'elle ferait mieux d'attendre des instructions. Peut-être.

— Meg a raison, dit Eileen en distribuant les cartes. — C'est toujours agréable d'avoir des amis en visite. Et elle me dit que tu es aussi une excellente cuisinière ? Elle a besoin de prendre un peu de poids. À travailler ici tous les matins et à retaper cette vieille maison le reste du temps, elle s'épuise jusqu'à n'être plus qu'un squelette. Ce qui me rappelle, triant sa main, Eileen regarda par-dessus son épaule vers Meg, j'ai presque fini les rideaux pour l'ancien salon. Ce sont les derniers rideaux.

— On dirait qu'il est temps pour une fête de décoration, dit Sally May en reprenant ses cartes.

Eileen acquiesça. — Ça a été amusant de redonner vie à cette vieille maison.

D'après ce que Meg avait dit à Toni, le clan Farraday passait plus de temps à bricoler dans la vieille maison victorienne que dans leurs propres maisons, et Meg semblait adorer chaque instant de son appartenance soudaine à une grande famille unie. Toni n'arrivait pas à l'imaginer. Chaque fois que la famille de son mari descendait sur Boston, serviable n'était pas le premier mot qui lui venait à l'esprit.

— Ça semble bien, dit Meg. Un client à l'autre bout du café lui fit signe, et elle se dirigea dans leur direction.

Quand Toni avait épousé William et s'était installée en

plein cœur du quartier Back Bay de Boston, elle pensait avoir gagné au loto. En regardant Meg sourire et voltiger de table en table, rayonnante de l'intérieur, Toni se demandait si elle avait jamais été aussi heureuse. Jetant à peine un coup d'œil à ses cartes, Toni les lança sur la table. — Je crois que je vais passer cette manche. J'ai besoin d'un peu d'air frais.

— Oh, parfait, s'exclama Ruth Ann en se levant d'un bond, riant. Je vais prendre sa place pendant son absence.

Meg revint précipitamment à la table. — Tu t'en vas ? J'ai encore une demi-heure avant que Shannon n'arrive.

— Je voulais juste me dégourdir les jambes, mais une belle promenade pour rentrer serait peut-être préférable.

Meg l'examina un peu plus longtemps qu'elle ne l'aurait souhaité. — Bonne idée. La porte arrière est ouverte. Je rentrerai dès que possible.

— Pas de précipitation.

— Tu sauras retrouver ton chemin ?

Toni faillit rire. La ville n'était pas si grande, et ce qu'il y en avait avait été construit selon un quadrillage simple. Il lui faudrait peut-être quinze minutes tout au plus pour descendre Main Street puis tourner dans la rue de Meg. — Je m'en sortirai.

— Est-ce qu'on vous verra pour la partie de cartes de samedi ? Dorothy Wilson leva les yeux. Nora vient le samedi.

— Je ne sais pas. Cela dépend de la quantité de travail à faire chez Meg, dit Toni.

— Du travail, mon œil ! Meg fit un clin d'œil à son amie. Samedi, on va à Abilene. J'ai encore des courses à faire.

— J'en suis. Toni sourit à son amie et réalisa que, pour la première fois depuis très longtemps, elle souriait beaucoup, et sincèrement.

Bien qu'elle ait déjà aperçu les boutiques de Main Street en traversant la ville en voiture, elle prit son temps maintenant, observant les gens qui allaient et venaient, s'attardant une minute ou deux devant les vitrines. L'intérieur du Cut and Curl semblait n'avoir pas beaucoup changé depuis le jour de sa construction. Alignés le long du mur du fond se trouvaient plusieurs de ces imposants sèche-cheveux à l'ancienne. Même à cette heure, deux femmes étaient assises côte à côte, feuilletant des magazines.

Quand Toni imaginait l'ouest du Texas, elle voyait Clint Eastwood poursuivant des vaches sur un chemin de terre bordé de trottoirs en bois. Elle n'avait pas imaginé Mayberry.

Sur le point de tourner à l'angle de la rue de Meg, un wouf étouffé attira son attention. Encore trop loin de la partie résidentielle du quartier pour qu'il y ait un jardin avec un chien à proximité, elle s'arrêta et regarda autour d'elle. Rien. Quelques pas de plus et elle l'entendit à nouveau, mais cette fois le son ressemblait davantage à un gémissement. D'où venait-il ?

Prenant son temps pour scruter les environs, Toni avança lentement, écoutant attentivement. Le voilà encore, un peu plus fort, et venant de l'autre côté de la rue. Presque en priant pour que l'animal se montre, elle descendit du trottoir. Un mouvement dans les arbustes le long d'une maison condamnée lui indiqua qu'elle se dirigeait dans la bonne direction quand un museau noir apparut, suivi d'un corps velu et enfin d'une queue tombante… Marchant dans sa direction… En boitant.

Pendant une fraction de seconde, elle avait cru qu'il s'agissait du berger allemand de Sally May, mais elle réalisa ensuite que ce chien était plus gris que fauve et un peu plus petit que les quatre-vingts livres du berger. — Oh, mon pauvre. Presque arrivée de l'autre côté de la rue, elle s'accroupit pour que le chien comble la distance entre eux. — Que t'est-il arrivé ?

Sans aucun signe de peur ou d'hésitation, le chien vint droit vers elle et enfouit sa tête dans sa main tendue.

— Eh bien, tu es un compagnon amical, n'est-ce pas ?

La queue s'agita brièvement tandis que Toni lui grattait derrière l'oreille, puis passa son autre main le long de son corps. Ou le sien. Pas de collier. Pas de poils emmêlés. Mince mais pas squelettique. Le chien avait soit vécu seul un moment et savait se débrouiller, soit eu un maître avare.

Quand elle laissa sa main glisser doucement sur la patte que le chien semblait favoriser, l'animal laissa échapper un petit gémissement.

— D'accord, on dirait qu'il va falloir te trouver un vétérinaire. Je connais justement l'adresse d'un très bon.

Le chien, savourant toute cette attention, bougea et se frotta contre elle. Elle comprenait exactement ce que ressentait le pauvre chien. La solitude, c'était une vraie misère.

Lisez la suite de Brooks – Tentation interdite au ranch, ou à prix réduit directement auprès de Chris.

RENCONTREZ CHRIS

Autrice de plus de cinquante romans contemporains, dont la série primée Aloha, Chris Keniston vit dans le nord du Texas avec son mari, ses deux enfants adultes et ses deux chiens.

Bien qu'elle aime ses chiens de la même façon, elle reconnaît avoir une affection particulière pour son berger allemand adopté. Après tout, même les chiens méritent une fin heureuse.

Vous pouvez en apprendre davantage sur Chris et ses livres sur : www.chriskeniston.com.

Suivez Chris sur Facebook à ChrisKenistonAuthor ou sur Twitter @ckenistonauthor.

Series: Sous le ciel des Farraday

Adam – La mariée disparue au ranch
Brooks – Tentation interdite au ranch
Connor – Bâtir son rêve au ranch
Declan – L'imprévu au ranch
Ethan – Un bébé au ranch
Finn – Une seconde chance au ranch
Grace – Rien ne vaut un chez soi au ranch